[illegible]文庫 35

蓮田善明
伊東静雄

新学社

装幀　友成　修

カバー画
パウル・クレー『不吉な家の上にのぼった星々』一九一六年
個人蔵（スイス）
協力　日本パウル・クレー協会

河井寛次郎　作画

目次

蓮田善明

伊東静雄

蓮田善明

有心（今ものがたり）

一

道は間違ひはない筈であつた。もちろん初めてではあつたが、大体の見当はついてゐたし、斯う行きさへすればきつと駅の前に出るにちがひない、現にその鉄道がガードになつてゐる下をくゞり、そのガードの直ぐのところから左に入つた広く造られた直線路は明かに鉄道に沿つてゐた筈だし、何の疑ひも要しないのであつた、が、その駅がすぐ現はれないと、もう何だかその駅に行き当らないやうな不安に襲はれて、歩きながら落ちつかない。しかしありがたいことに、ガードから五六百米も来た時、二三の運送店や、飯屋の並んだりしてゐる界隈を見つけ出し、狭い広場を前にして引込んだところに小さな木造の駅を見出した。事実が一等安心できる、真直な、たかがこれほどの距離を、しかも間違ひやうなどないと自分で知つてゐながら、何をこんなに不安になつたり、まごついたり自分はするのか、と何か自分の息してゐるこの世間が、たよりなく自分の例の気持を思ひ返した。結局駅といふ事実はどこへも逃げたりなどしないのに、それが自分の前には、ひよつとすると姿を匿してみたりしさうな気がするのであつた。そんな自分を笑つていゝのか、まじめに取り扱つていゝのか、と又まごつきかけたが駅の中に入ると急いで切符を買つておかないといけない気がして、荷も卸さずに出札口の方を見ると、恰度一人の洋服男がその網口を覗きこんで、「宮地」と切符を求めてゐたので、すぐその後に行つて「長陽」と五十銭札を板の上に置いた。

　切符を求めるとすぐ出札掛はぱたりとガラス戸を下ろして去つてしまつた。汽車まではまだ一時間の余もあつたし、客らしい姿も四五人しかなかつた。切符をズボンのポケットに入れて、これで安心だといつた風に、壁にとりつけられた長い腰掛に、荷物を投げ出してその横に腰を下ろした。しかし一安心はしたものの、これでどつしりと落ちつきはらつて汽車の来る迄待つてゐさへすればいゝといふ普通の安心がならない。切符を握り、時計の指す時刻から自分が外れる心配などありやうもなく、型の如く汽車が来ることを承知してゐながら、その下から、すぐ事実と自分とが離れて、隙間風がその間に吹き込むのを感じた。ひよつとすると、とんでもないところに坐つてゐるのではないか、この中に斯うしてゐるまゝに此の駅がどこかへんな所に飛び移つてゐてしまつたり、或は折角来た汽車が、見ると人が一杯乗つてゐるのに、自分が乗らうとするとどこにも窓も戸もなくて、まごついてゐるうちに、「ぼう」と汽車は自分を尻目にかけて出てしまつたりしさうなことを考へたりするのであつた。直ぐそれが莫迦げた妄念だと自分で承知するのだが、現実と自分との二枚の像が一寸ずれてゐてぴつたりと密着しない感じは今更初まつたことでもないので、これはどれほど反省したり笑はうとしたりしても駄目だつた。しかし、神経的症状として諦めるのでもなかつた。この世間と自分との何としても密着しないずれ、又しても此処でずれ出した自分と駅との関係について、凝乎と目を据ゑるかのやうに、目の焦点を或る空間においた。それは大へん孤独の感を与へるものであつた。今斯うして固定した腰掛に体を寄せてゐる時はまだい丶が、今日もこ丶まで来る道で、道行く人々と並んで自分も歩きながら、実は自分が何か二三歩先きを歩いてゐたり二三歩後を歩いてゐるかのやうなずれを感じて、はつと立止まつたり、急いで追ひつかうとしたりする衝動のやうなものに自分が衝き動かされてゐるのを覚えて、足の絡むやうな思ひがしたりしたのであつた。そんな時何か目を瞑つて堪へようとするかのやうに、そのくせ一層むきに足を荒く歩いたりした。しかしさうなると孤独感に足の抜けない深さに引きずり込まれてしまふのであつた。

　今日此の駅に腰を下ろすことになつたのも、大きく言へばこの事と別の事ではなかつた。昨夜急に阿蘇の温泉に行くと妻に話して、それでも今朝朝食をすますと忘れたやうな気になつてゐたのを、何か慌てるやうにして一寸した着換と三四冊の本とを面倒臭さうに風呂敷に包むと、妻が郵便局から出してきた何がしかの紙幣を入れた財布を受取り、服装だけは、陸軍中尉の襟章を外しただけの国民服に、そしてソフトを被り黒のマントを手にして家を出たのであつた。折襟やオーバーは東京の任地の方に応召以来預けたまゝになつてゐたので、こんな扮装になつたのだが、をかしいといつてゐた妻も、これでいゝ、有るものでいゝ、この時勢だ、と言ひ出すと、そばで、小学校に行く男の子が、父ちやんそんなんで行くの、といふのに、いゝですよ、山ですから、と妻がひとりで弁解し、併し一応行かねばならない熊本までのバスの停留所まで荷物を提げてついてきながら二人になると、こんな恰好で行けば宿も安いとこにしか案内しませんよ、ネ、と笑ふのだつたが、黙つて笑つてゐると、妻はもう余り夫の行動に触れようとしなかつた。戦地から帰つてからお父さん何だか怖くつて、と妻はこれまで二三度何かの拍子に言つたりしたことがある。それをふと思ひ出して、「ゆつくり行つてくるよ。体を作り直さないと、東京へ行つても、同じだからね」と妻に話しかけてやつたりした。それは昨夜も言つたことであつた。しかし同じことを言つてゐる莫迦らしさを感じつゝ、外に何と言ひやうもない感じがした。何を、何と、妻に語つたらいゝか。自分の真意を……、併し自分の真意といつてみたつて、それは自分に話せるほどはつきりしてゐるのか、そしてこれははつきりしない限り徒らに妻の心を引きかき廻すだけであり、一層自分を苦しくするだけでしかない。否、真意といふやつはちやんと摑んでゐても、今これを語る言葉があるか？　これは表現の可能不可能といふことでなくて、言葉そのものへの不信任であつた。言へば、自分は隠遁するのだと言へば足りた、しかしさういふ説明ではどうにもならなくなつてゐる自分を知つてゐたので、斯うやつて出て行くといふことでしか妻にも語れなかつた。語るとすれば、もつともらしく湯湯治に行つて来るよ、としかこの時代の言葉では言へなかつた。何か目的ありとして語らねば一切言葉がこの時代では通じなくなつてゐる。妻に対してさへ、否自分自身に対してさへも。しかししら〲しく何か斯うした目的とか弁解を立てて言ふ時のみ言葉が通ずることを知つてゐるので、強ひて自分の真意などに触れたりする面倒さを濫用するのを避けて、普通の話をしてゐる方が平静をかき乱されることは却つて少かつたのである。

「ゆつくり、ほんとにゆつくり行つていらつしやい。何か要るものがあつたりしたら電報……さう、表のお父さん所へ電話かけて下すつたらいゝわ。」妻はあまりに素直に斯う答へて来たので、一寸まごついたが、気も軽くなつて、

「もし行つてみて、余り寒くないやうだつたら、しらせるから幹ちやんを寄越してもいゝ。学校へはお前が直接行つてお断りして。」長男の幹は腺病質なところがあつて、時々夜中に怖えたりした。どんなになだめてやつたりしても、全く昼間と違つた目の

据りやうで、目は覚めながらとりとめもないことを口走つたり、こわい〳〵と何か影を見るやうに苦しんだり、それを子供心に反省もして歯をくひしばつてもがき堪へようとするのだが遂に怖しさと堪へ難さとで涙を流して声を忍んで咽んだりすることがあつて、幹にはそんな状態を親から注意したりはせず、なるべく暢気に遊ばせて、せい〴〵早く就寝するやうにすゝめてゐたが、夫婦の間では困うじてゐたのである。ところが偶々今日行かうとする温泉がさうした病気にも効目がありさうにあつたし、山の静かなところで少し休ませてやるのもいゝか、と事のついでに昨夜も話し合つたりしたのであつた。

「お前は、とても赤ちやんが、山の寒さでは駄目だらう。ま、それも行つて見て、それから」

「私は駄目、赤ちやん風邪でも引かしたらいけないわ」妻の正直な遠慮にも心に咎められるやうな気がしたが、とにかくそんなこと言つてゐるうちにバスが来て乗り込むと、瞬間、一人になつたといふ安らかさと、ものを言はずに居れる気軽い愉しさを覚えて、立ちながらバスの外を後ろへ走るものをすかし見つゝ、何かきよろ〳〵して目で迎へ目で送りしてゐた。しかし、熊本の市内で車から下りて歩み出した時、急に身も世もない自分の孤独の寂しさに胸が苦しくなり、阿蘇行の汽車の停車場の方への電車に乗る前に、途中通の本屋を一二めぐつて、本を買ひ加へたのであつた。何かに目を曝(さら)してゐなければ堪へ得ない気持で、目をむいて本棚を眺め廻して、結局「平家物語」と、リルケの「ロダン」といふ訳本と、ふと目にとまつたので金剛巌の「能と能面」を紙にくるんでもらふと、そこで汽車の時間をきき合せて店を出たのであつた。

二

「平家物語」を買つたのは、今朝風呂敷包に一度入れてから又思ひ捨てるやうに出して残してきた「方丈記」と関(かかは)る思ひがあつて、家でも大形の本で読みさしてゐたのだけれども、原本がよくないのと大きくて荷になるために之も置いて来たのを読み継ぐために文庫本のを求めたのであつた。

この十二月戦地から帰還の途中で、有り合せの「方丈記」を上海で買つて船中でそればかり読んできた。もうこれよりほかない、と思ふのであつた。戦地では、此の時代(到(いた)りついた、いはば現代日本の時代)の、もの倦(う)い生活を、そこにこそ求めて抛つて生き得ると覚悟して、実際戦地とても色々の絡みつきはあつても兎に角、説明なしに生きることが出来た。一言もなしに死んでよかつたし、さういふ死方で死ぬことのみが今日ではほんたうの文化であると信じてゐた。この死方を自分一人の胸の中では「天皇陛下万歳」といふ言葉だけがふさはしい――と考へるとなく思つてゐた。これはしかし壮烈でも何でもなく、どちらかといふと愉しい気持で、唯斯うした所にだけ、形も言葉もなく生きてゐる生命といつたやうなものを思ひついたりした拍子にはあはれな気がしたりした。勿論戦闘も仲々やさしいものでなく、少しでも部下をもち、又責任ある上官を上にもつてゐる身では莫迦げた無分別などは出来ないのであつたが、この一人の小さな覚悟は奪はれることはなかつた。

ところが突然帰還を命ぜられると、これは容易ならぬぞと思はれてくるのであつた。その頃の日本の新体制の指導原理はいふ迄もなく素直に受取れたが、それは、受け取つて直ぐ応と答へてそれで新体制の実践に入り得たとされるものではなかつた。「夫々の立場に於て」の臣道実践といふ簡単な事が、今更何事でもないやうなことでありながら何かびつくりさせられるやうな感銘を前から与へられてゐた。それはこの時局に国民の技術を求めてゐる言葉だが、これは今迄もつてきてゐる技術を一層努力して奉仕するといふだけでは済まないものがあつた。一体斯う求められてみると、今迄もつてきてゐた技術とは、それは別の何かのための、はつきり言へば、口すぎのためといふことをも通り越して、「金」にすべてがあつた。「金」といふことに余り理屈めかした説明は無用であつた。唯物論でも個人主義でもない、唯「金」だけが生活の前景にも後景にも中景にもあつて、人は「金」の中で呼吸して、技術といふやうなものも、「金」に媚びる技巧の一つにすぎなくなつてしまつてゐた。併し、何かそんな詮索がましく「金」に挑戦する道学者的な心持を以て思ふのではなかつた。唯、何が理由となり原因となつてゐようとも、事実としてあらゆる技術が穢れてゐることを詩人的に感じた。強ひて言へば、かういふ生活とか技術（これは同意語として考へてゐたが）とかが穢らしく厭らしくなつてきてゐる、言ひかへれば人間を人間らしく向上させる文化の精神の堕ち崩れた時代の空気に堪へ難い苦しさ厭はしさを覚えさせ、不機嫌にさせてゐる唯それだけのことが自分を詩人たらしめてゐると考へてゐた。そして戦場の覚悟もこの詩人としての覚悟であつた。しかし、もし詩を文学的に書くといふことも、もはや今日は他の技術と些とも変りはなく、言葉を出せばその表現が、いかに避けようとしても今日では根本から言葉が腐臭をもつてゐて、その腐臭から到底脱し得ないと思はれるのであつた。少くとも自分の斯うした覚悟や精神については黙つて（頑固に、意固地に）ゐることが最も完全な今日の詩であると考へたりした。又戦場ではそれを誰に向つて語る必要もなかつた。

この考へは、帰還といふことになつて、内地の、前から続いてきてゐる生活に自分を向けた時、俄かに大きなものとして思ひの中に拡つてきた。銃後の生活、その技術がどうなつて来てゐるかを疑つた。それは転職を余儀なくさせられて技術を失つたものもあるではないかとか、新聞が闇取引検挙で賑合つてゐるとかいふことではなかつた。寧ろ時には国家をさへ巧みに担いでゐる、検出しにくい茫としたものであつた。形式も非常に整つてゐるが、それが何でもないものであつたりする途方もない頽廢の深さであつた。前線から後方へ下がるに従つて、大儀さを感じて来た。漢口、南京、上海と来た時、何かとんでもないことをしてしまつてゐるやうな気さへして来た。上海で乗船する前日のこと、リッツといふ映画館で「罪と罰」を見た。久しぶりの映画に間誤（まご）つきながら見てゐるうちに映画の筋や仕草などを見る落ちつきも出来て来たが、ラスコーリニコフが殺人して苦悶してゐるのを見てゐるうち、何気なしに不意にくすりと笑つてしまつた。それは始終敵と目を光らし合つてゐた戦場（上海自身でさへ）に永く身を置いた感覚も無くもなかつたが、「罪と罰」のやうなもの（その原作も）を以て仔細らしく厚味を作つてゐる、現代の文化生活といふやうなものへ、復讐したやうな気持を、次の瞬間その笑ひは起させた。すると悪寒のやうなものを覚えて映画館を出てしまつたが、非常な粘り強さで包み始めた或るものに対して、振り解（ほど）かうとし、手向はうとすればするほど、その手自身が自分のものでなく見えて来る始末で、喚（わめ）き泣きたいやうな気がしてきた。しかももし泣き喚くとすれば、その泣き声までが、ざく〳〵と砂を嚙（か）んでゐるかのやうに感ぜられる気がしてくるのであつた。

　しかしそれでも唯声を立てて喚き歎きたいといふそれだけの心に取り縋（すが）る必死さで、骨ががたつくほどであつた。そして、ふと僅かにこれだけが自分に残されてゐるのだと気づいた時、はつと立ち止まる自分を感じ、今度はそこから胸の中を静かに濡らしつゝ溢れてくるものが感じられた。その時であつた、ふいと、「行く河の流れは、絶えずして、しかも、元の水にあらず、淀みに浮ぶ、泡沫（うたかた）は、且つ、消え、且つ、結びて、暫くも止まることなし……」といふ「方丈記」の冒頭が口にそれこそ小さな水泡（みなわ）のやうに浮んできたのであつた。何故その時「方丈記」などが思ひ出されてきたのか、と思つたが、後で考へると、それは漢口で本屋に立寄つて一二冊買つた時、同じ書棚にその本が確に目に触れてゐて、或る感慨がその時微かに自分にかゝり合ひ始めてゐたことが思ひ出された。しかし初めはそんなことを思ひ出してゐたりする暇もなかつた。寧ろ、こんな仏教的観念的な感慨などが今思ひ出されて来たりしたことが改めて不審（いぶか）しく思はれて、さういふ観念など全く自分にないことを確めると、一寸はぐらかされたやうな気がしたが、さういふ観念的な意味でなしに、この言葉の底に脈うつ歎きが観念をとびこえて近づいてくる気がし、次には、この「方丈記」が他に実は内容とて何もなく唯歎きに歎いてゐるといふだけの本だつたといふことに、新しい稀（めづ）らしさで目を瞠（みは）らされるのであつた。そしてさう思ふと、この冒頭の厭世的な文章も少しもじめ〳〵したものでなく、しんに清らかな詩人の溜息が聞かれるやうに思はれてきた。

　この救ひはまだ救ひの手がかゝりにすぎなかつたが、この詩人の胸に頭をこすりつけて行きたいやうなものを感じて、通りがかゝりの本屋を探し当てて、岩波文庫の「方丈記」を求めると、矢も楯もたまらず、道で包みをひきあけて冒頭やら、何処やら此処やらめくり〱拾ひ読みしてゐた。

「方丈記」は、先づ初めに唯歎きだけで書かれたといふ稀有の詩を、次に言葉でなくて寧ろ行動でした詩であり、次に厳しく詩人の住処（すみか）を、詩人の位置を意志し、占められてそれによつてのみ詩が書かれ（文字でなしに）てゐることを教へた。そして隠遁といふのが詩人の詩の烈しい形式でしかなかつた秘密が、否、権勢と利慾とだけが（その代表者は平清盛であつた）すべてであつて、文化が頽廃し喪失した時代に於ける詩人の、恐ろしいばかりの純粋な生の技術そのものを、示してくれてゐた。これは何ら現代の意味での厭世（これも現代の頽廃の一種にほかならなかつた）などでなくて、厭世といふことが、無類の強さで生を護らうとした唯一人の美しい行動であつた。詩人は歎き、恨み、悲しみ、憤り、軽蔑し、嘲笑し、哀れみ、歌ひ、弾じ、批評し、誇り、疑ひ、信じ、拗（す）ね、不逞（ふて）くされてゐるが、すべて清らかな言葉にみちてゐた。

　船中で、船艙にしつらへられた暗い板敷の上に屈（くぐ）まつて読み返し読み返ししながら咽喉（のど）からこみ上つてくる涙を怺（こら）へ得なかつた。帰還した後、たま〱鴨長明全集が出てゐるのを知つて買つて読んでみると、国文学者達が取立てて言ふ長明の和歌や歌論は殆どくだらぬもので、却（かへ）つて仏教的説話集として描かれてゐる「発心集」といふのが全く詩人の孤独と清純な生への決心と行（ぎやう）を言つてゐるものであることを知り、それを読んでゐると、出離といふ行動が恐ろしい衝動を以て唆（そその）かされてくるのを感じて自分ではら〳〵するのであつた。

帰還して見た銃後生活といふものは、何ら直ぐ正体のつかめるものではなかつた。唯、近衛首相が、自ら参会を求めて意見を聴取した翼賛会準備会での委員たちのあらゆる論説を払拭するかの如くに短い言葉に単純化して「夫々の立場に於て臣節を尽す」と言つたのは、詩人的技術として唯一つきら〳〵と澄みわたつてゐるやうな気がした。これは主張や意見や原理などでなくたゞ悲願であると思はれ、首相のこの詩人的な悲願がやゝもすると又種々の不純なものに絡まれてしまひさうな危さを覚えさせられたりするのであつた。同時に自分が大いに銃後の務めをせねばならないといふ文句通りの実行よりも、段々この世から小さい狭い住家へ追ひやられるやうな、又自ら追ひやられることを意志すること、行ずることによつて、何か今目前の間に合ふ以上に、例へば「方丈記」の著者達などが通つた道によつてのみ、あの暴圧的に文化を破壊した将軍達の手から、日本の不思議に美しい伝統を守り、その貧しい小さな家に営んだものが、遂にやがて、近世日本文化の大きな波を打ち出だしたこと、そして例へば、茶道の如きに於ても、将軍もこの文化に参ずるためには、武器を措いてあの小さな身一つだけくゞれるにじり口をくゞつて文化の聖堂に入つたり、「花」を床の間に拝したりしなければならなかつたことを思つたりして、今日に於ても何か斯ういふやうな国の文化への奉仕の道も自分達にあるのではないか、例へば自分達が戦地に行つてゐる間に、書きまくり〳〵してそれが却つて売れてゐる文壇の景気など、筆をとつて書いたりする自分達に係りのありやうもないけれども、何か、少くとも書かない詩人として（そんなこと誰も認めてもくれないが）誰にも知られずに生き或は死んで行く、或はわざとの実生活出離といふやうな行動が、せめて諷刺（イロニー）にでもなり得ないか、などと、全くはかなくとりとめない呟きとして胸中を寂しく往来した。

　東京の任地の好意にもより、右腕の負傷のあとの十分でない神経と長い陣地生活の間に大体強くない体に患つてしまつた腰部のかなりひどい神経痛とを一度温泉あたりで治療してみたいと願つてゐたので、休養の諒解を得て、上京を後らせてゐたのであつたが、何か心の中で愚図つくものがあつて、一日延しに延して一月近くも家に引込んでゐた。それは家の外に対する対決よりも家の内に、すぐ身近に、いや、自分の分身たちとしての家族、更に言ひ換へるならば結局又自分に帰つてくるのであつたが、さてさう身近な肉身たちに対すると、どう対決のしやうもなく、それかとて家庭に甘えきりも出来ず、又自分の斯う離れ過ぎた心をどう取り戻していゝか、或は鴨長明が三十歳にしてまだ出離ではなかつたが別に小庵を営んでそこに住むといふことまでせずにゐられなかつたその厳しさが自分にも課せらるべきか、若しさうとすれば——、この銃後の生活のきびしい意味を益々生やさしいものでないと思ふのであつた。しかしこれは単に自分の意志や実行力不足の問題であらうか。

かういふ中で、何かまだ探らうとするかのやうに、「平家物語」を読みかけたりしてゐた。時代が決する、と思ふのであつた。しかし自分一人が一人でこんな苦しみでゐるためにか、もいつかの言葉を以てさりげなく、寧ろ昔と違つたやさしさで家族を愛撫し、時々は戦地で馴れた身軽さで妻の仕事の一部を手伝つてやつたり、子供の遊び相手になつてやつたりしてゐるのに、妻は敏感に「何だか怖い」と口に出して言ふことがあり、子供が、自分が帰つて以来何度も夜中に怖えたりするのまで、はいたと胸に当る気持がした。これは自分を一層もの愁い気分にした。「戦地から帰るとぼんやりするさうですね」と、近所の知人が訪ねて来て、先づ言つたりした。

昨夜何かのきつかけから、思ひきつて温泉に行つて来ようと言ひ出すと、此頃それを勧めるのも控へてゐたらしい妻は、せき立てるやうに賛成し、どこの温泉がいゝといふことまで何処できいてゐたのか、承知してゐて言ひ出したのであつた。さういふ妻を見ると又こんな晴れない気分を持つたまゝで妻に送られて出るといふのが済まないやうな気がした。それに上の子供が、もう快くなりかけてゐるとは言へ、風邪で寝てもゐた。しかしも一度ひとりになつてみたい、どちらにしたつて、自分をもつと狭く、自分だけにしてみることが、今は、ほかにどうしやうもない自分の道だつた。又大寒に入つたためか神経痛も時々強く来て、そんな時は腰から背へ鉛板を貼りつけて持つて廻つてゐるやうな鈍痛を覚えるので思はず呻いたりするのであつた。それが何かはたらけない侘びしい気持をかき起したりした。
今朝家を出る時、どうせ退屈な山の湯宿で、本読むよりほかないので包みこんだ本の中から、ふいつと又長明の全集はとりのけて後に残した。もう本は要らない、一人の自分に問うて見るのだと思つたのであつた。しかし他の本では、持つて行つても実際は読まないかもしれないとも思つた。そこで熊本に立寄ると本屋を物色するうち、小さな本ではあつたがリルケの「ロダン」が目についたのであつた。

三

「ロダン」と見た瞬間、それだけで、ふと今自分が心さぐりしてゐるものに近づいたやうな気はひを感じた。それは文化なき世に対して鴨長明がこの世のものはもはや形や跡もあり得ないとして、その荒癈そのまゝを諷するかのやうに隠棲閑居するといふことでその日の文化であり得るとした底に匿されてゐるものであつた。それは実に又「かたち」への切々たる憧憬にほかならなかつた。頽癈し果てた形式の穢はしさ、不純さに対してこの上ない潔癖を以て厳しく拒絶の姿勢を示しながら、それは清らかな純粋な形式を想ひ描かうとする詩人のとつたその時代の最も高い技術であつた。否、既にこの閑居自身が彼が高く誇つてゐる詩の形式であつたとも言へる。しかしこの一詩人のもつた形式は全く孤独で断絶してゐるやうでありながら、いつの間にかこのやうな詩人達の間に非常な確実さと責任とを以て受けつがれたり集約されたりして仄暗(ほのぐら)い中世の渓谷の岩間を貫いて行つて驚くべき「形式」を仕出でてゐるのであつた。

斯ういふ仄暗い路を長明の中に段々感じつゝあつたし、何かさういふ係り合ひを自分と家族の間にも感じとりつゝあつたのであつたが、「ロダン」、しかも詩人リルケの書いたロダンと見た時、目の前に躍り出たものを感じたのであつた。しかし何か一足とびにそこへ行つてしまふことに躊躇(ちうちよ)されたが、その作り上りの形としての彫刻はもとよりながら、これを作つて行くところに屹度(きつと)詩人の秘密がこめられてゐるにちがひない、いやそれはともかく、山でぢつとこの口絵の写真を見てゐるだけでもい丶、と思はれて、思ひきつて取り出した、その近くに又金剛巌の「能と能面」といふ小さな本があつた。これも「ロダン」と一緒に自分の手に躍り込むのを覚えた。自分は一体今日の時代に日本文化といふとすぐ過去の時代の遺物を引き出して来て並べることに今日の衰弱を見てゐたので、古典を愛しながら、今日は古典さへも封じて、今の時代自身の侘びしさを知るところに長明のとつたやうな文化憧憬の胎生が起ると思つて、茶道も能も和歌も俳句も強ひて軽蔑しなければならないと考へてゐたりした。現に能の上演が今日実際に日本の文化たり得ないばかりか、寧ろ日本文化が今日あるかのやうな錯覚や安易な怠慢を社会に与へてゐるといつてよかつた。しかし、長明などの延長線にやはり斯ういふ形式を生んだものとして何か示唆するものがありはしないか、いやこれも古面の写真を見ることによつて、形式を思ふ縁になればいゝ、と思つた。しかし買つてすぐ、偶然にもこの二冊自身互に係り合つてゐるといふことを感じた。

さて駅の固い冷たい腰掛に腰を下ろして、暫く不安な落ち着かなさうな焦燥をひとり持て余してゐたが、風呂敷包みに手をつゝこんで本包みをとり出し、びりゝと破くと、「ロダン」の口絵写真に目を見張りつゝ、戦地でも一枚こんな彫刻の写真でも欲しかつたことなど思ひ出したりして、今も殺風景な山の中にゐる戦友や若い部下達を想ひ浮べられ、又しても何といふ難しさだと自分を省みられるのであつた。こんな愚図つきは矢張り嘗てのインテリ的不決断の名残にすぎないのであらうか。どうかすると、実際あの中毒したやうなもの倦い循環論が自分をとらへさうになることもあつた。しかし以前のやうに観念に終つてしまはないで、「方丈記」の中からも、その末尾に「不請の阿弥陀仏三遍申してやみぬ」といふ不逞々々しさで観念的循環論にぴたりと留めを刺してゐる「生」への憧憬を知り得てゐるので、いつもどこか、涼しい泉が岩の間に迸り出てゐる音をききつけてゐるやうな愉しさは失はれなかつた。一通り写真を見終つてから本文を開けてみた。小さい活字でぎつしり詰まつて読みにくいものであつた。パラ〳〵とめくつて又目次を見て、第一部となつてゐるものの最後の言葉を読んで見ようとした。これは時々やる癖であつた。決して早く結論を知りたいといふのではなく、すぐれた本はその最後に、恐らく著者にとつておきの、美味い、愉しい言葉が匿してあつたりするからである。それを待ち切れない気持からであつた。その第一部の最後には斯う書かれてあつた。

……なぜなら、世界が彼の道具に従つて来たからである。

自分は全くこの言葉に吸ひこまれさうになるやうに、本に顔を寄せて、それを読んだ、それから慌てたやうに第一頁を開いた。冒頭には次の言葉が置かれてゐた。

ロダンは自己の名声を得る前に孤独であつた。

四

汽車は空席はなく、やつと腰掛の凭れに背を寄せることが出来た。しかしそれで十分満足であつた。汽車が駅に入つてくるのを見た時、一匹のながい胴体をした虫けらがむく〳〵と汚らしく身をうちふるはして来たやうな気がした。そこらの空気を暴力的に脅かしながらとても凄い大きな音響をはためかして走るこの機械には憎悪さへ感じた。この汽車はその速力と重量自身が起す音響（速力や重量といふことは美しいと思つてゐた）を、それにふさはしく発揚してゐるのでなく、その速力や重量よりも過大にか或はそれらには全く縁のない無用の大音響を起して人々の聴覚と全神経をかき乱し、それによつて、自分を偉大なものと信じ込ませようとでもするかのやうに、全身を顫はせて喚いてゐた。自分は怖毛をふるつて、なるべくそつと乗りこんだ。駅員が乗り込む前に、「並んで下さい、一列に並んで下さい」と言つてゐたが、こんなものに得意さうにわいわいと乗り込んだり、割り込まうとしたりして少しは誇らしげな顔さへして席を占領しようとしたり、又如何にも満足してゐる人々の充満してゐる車室にも何の興味もなかつた。手荷物を網棚に上げると、リルケの「ロダン」をポケットから出して読みはじめた。そこには、うつて変つて救ひがあつた。神経は静まり、大へんに愉しい小ささといつたやうなものの中に自分が落ちつき、それから今までの硬ばつてゐた心の中に感情がいいきを立てないやうにそつと湧き出で、しかし何ものも外から障げ得ないはげしさで脈うち出して行くのを感じながら、読み耽つて行つた。そしてこの詩人と、彼の奏でるロダンといふ楽器との、世にも深い又隙のない調和とが、読めば読むほど、やさしく併し甘やかしのない、無用の弁舌の些しもないいきびしさで「己」を問ひつめてくるのであつた。ロダンが凡ゆるものをいい――その願ひをききとつて――生命を見出してやり、――それらのものが「自らを変形し」て、――しかも「生命を些しも失つてゐず、反対に、一層強く、はげしく生き」る、――純粋な、玲瓏たる生命へと、――この偉人の非常につつましい忍耐と努力とで導かれ、――又「泣いてゐる足といふものがあること、また人間の身体ぢゆう到るところで泣くといふことがあること、またあらゆる気孔から出る涙があるといふことを知つた」彼の手、――彼の「『よく作る』といふこと、最も純粋な精神をもつて働くといふこと」によつて、形像が、――その像を人体から直接石膏にとつたのだといつて世人が彼を弾劾したやうな、しかもそれが実に石や金属や石膏やの像として、――作り出だされてゐた、――斯うした手が自分を摑んで見る〳〵「変形」させて、目の前に、一つの救はれた己が生れて行くやうな幻覚へひき入れられて行つた。非常に長い時間が、恰(あたか)も永遠とでも言ふべきやうな長い時間が経つたやうな気がした。と思つたのは直ぐ斜め右の席で、けたゝましい竹鉄砲――竹で作つた玩具の軽機関銃と何か甲高い円味のある二人の男の子達の叫び声が起つて、はつと我に返らせた時であつた。しかし瞬間屹(きつ)とその子供達を見つめ、その入り乱れる音と声とに耳を傾けた。

　その二人の兄弟らしい幼い子供達は窓に取りついて窓外めがけて乱射してゐるのであつた。硝子戸(ガラスど)が一寸邪魔らしいが満足してゐた。「こら、静かにせんか」と親らしい人が制止してゐるので、硝子戸をまで開けるなどといふことは彼等も我慢しなければならなかつた。汽車は走つてゐた。窓外は冬枯れた草や木やが渾沌として過ぎてゐた。子供達は射撃をやめず、カタ〳〵といふ音は車室に響き渡り、傍若無人な戦闘の騒ぎは近くの人々を辟易(へきえき)させた。この光景に打たれた。そしてあたりを見廻した。この感動を他の人々の顔にも見ようとして。併し、子供達の直ぐ近くの人の辟易以外に、どの顔も〳〵この事件に対して些しの、全く些しの感応も示してゐなかつた。それは又異常な光景であつた。眠つてなどゐる人はゐるやうでなかつたが、否皆目の前の何かを見、窓外に目をやり、又口を開いて話し合つてゐるのであるが、その目は何も見てゐなかつた。口もぱく〳〵したり、皺が寄つて笑つたりしてゐるが、汽車の軋る騒音と子供達の戦闘の騒ぎにかき消されてゐるためであらうが、まるで言葉も笑ひも、空気がその振動を伝へ得ないかのやうに何も聞えないのであつた。目をふさぎたいやうな気がした。

この光景に接した後又「ロダン」に読み耽つてゐた。子供達の軽機関銃はまだ時々起つてゐた。自分には次第に、これから登らうとする山、冷えきつて、しかしその底の熱いものに堪へ得ないでその大きな体を時々ぶる〳〵と身ぶるひし、こん〳〵と温い湯を岩の間から迸らせてゐるといふ山への意志といつたやうなものが、鼓動しつゝあつた。

それから間もなくであつた、すぐ前に背を向けて立つてゐる十二三の女の子が、手で顔を蔽うて鼻をすゝり上げるやうな恰好を何度も続けてゐるのに気づいた。泣きじやくつてゐるやうにも見えた。しかし声を立てるわけでもなく、その同じ動作は可なり長く繰り返されてそれ以上はげしくもならなかつたので、それが却つて時々女の子へ目を移させた。それは同じ駅から乗り込んだ朝鮮人の若い夫婦の子（子にしては恐らく早く出来た）であつた。男は洋服、妻君と女の子は和服であつたが、彼等の交す言葉は朝鮮人であることを示してゐた。併し折々その中に上手な日本語も交つてゐた。

彼等が注意を惹いたのはプラットホームでであつた。多くの人が先を争はうとする構への中に彼等三人は少しもそれに立ち交るけはひもなく、列の後ろについてゐるといふより列外に立つてゐた。しかしそれは何らの卑屈さも焦燥を抑制してゐるわざとらしさもなく、乗る時が来て乗るといふ心を本来からもつてゐて、他に動ぜられもせず、平静に汽車を待つといふだけの態度で、いろ〳〵何か話しあつたりしてゐたが、それは如何にも他から見て愉しいといつたやうな光景であつた。この三人は車中でも自分の傍に固まつてゐた。と突然、さつきからしやくり上げるやうにしてゐた女の子の背後にいつの間にか廻つて後ろから抱いて顔を覗き込みながら妻君らしいその女が「泣きやみなさい、泣きやみなさい」と国語で言ひきかせてゐる声に、おやと目を向けた時、女の子がいつのまにか咽喉をつき上げてくる咽(むせ)び声を怺(こ)らへきれずにおーおう、と声を立てて泣き出してゐた。理由は分らなかつた。しやくり上げてしきりに泣いてゐるほかに何の身振も示さず、悲しいのか、苦しいのか、その判別のつかない、唯泣いてゐるといつたやうな声であつた。後ろからなだめてゐる女も唯「泣きやめなさい」をやさしく繰返してゐるだけで、それ以上子供のために心配してゐたり、原因を察して同情してゐるといふ風でもなかつた。この理由の分らない嗚咽(をえつ)は自分を間誤(まご)つかせた。しかも女の子は、もう汽車の騒音よりも高い声で泣き続けて、子供らしく、憚(はゞか)りなく、しきりに泣いて泣きやまないのであつた。女もそれを強ひてきつく止めるといふのでもなく、泣くのを叱るよりも子供の泣き入つてゐるのを抱きとつてゐてやると いつた恰好であつた。自分はわざと目を彼女等に注ぐのを遠慮して本に向けてゐた。するとその泣いて〳〵やまない、憚りのない泣声、どうかすると泣くことが一等自分の気に入つてゐるのだとでもいふ風にしやくり上げしやくり上げして、声ばかりはおーオ〳〵と泣いてゐるその声が、何かそこ（二人の女）だけを静かに包んでゐるやうな或るものが感ぜられて来、またその泣声が何か絶対な響きを以て、うつくしいものに聞えてくるのであつた。自分は本から目を外らし、その声を十分に聴き取らうとするかのやうに、耳を、心を、全身を、空ろにしようと身構へる自分を気づいた。

しかし、感動させた、も一つのことが起つた。それはそこに中学校があつて、退けて帰るのらしい一年生位の汽車通学生の一連れが或る駅から乗り込んで来たのであつた。この六七人の連れは入口の方に近い所に立つたり、自分の近くの所に来て立つたり、中にはうまく席を見つけて腰かけたりした者もあつた。彼等のまだ幼さの抜けない目、いつも目の前に何かがあるためにそれを見るといふよりも自分の目が向いた所にあるものだけが彼の目を捉へてゐるといつた目つき、その目について廻つてゐるやうな鼻、口、上向いた頭、何かはら〳〵させる心もとない手足の道具、しかしそれは限りなく大人を惹きつけるものであつた。此の生き〳〵した可愛い少年達を見てゐると何か此の少年達から言葉を誘き出したい強い衝動を感じて仕方がなかつた。ところがその時「今帰りですか、汽車で通つてなはるか」といふ年とつた女の声が後ろの席から一人の少年に浴せかけられた。少年ははつといふ風にその声の方を見て、何か簡単に併し聞きとれない言葉で答へた。表情に表はれない気まり悪げな恥らひがあつた。すると女の人はまたこのたよりない少年相手に余りに普通すぎる何でもないことを、あれこれと言ひかけるのであつた。少年はそれに対して「ハイ」とか「イイエ」とかとだけ例の聞きとりにくい声で答へ、目は当惑しきつて、自分自身の目ばかりを追はうとしてゐた。

自分は思はず微笑した。

こつゝと突き当るものがあつた。外界との触合ひがたいずれが突然おしのけられて、ひとりの、ちひさなのぞみに、そつと、しかし確かに、こつゝと触れてくるものがあつた。

五

汽車は立野(たての)で乗換へて支線に移つた。もう阿蘇の、直径数里と言はれる旧火口の縁が作つてゐる雄大な外輪山の一角が渓谷となつて大きく口を開け、そこから白川の河流を西の肥後平野に向けて押し出させてゐる、さういふ断(き)り立つた標高の上にあつた。しかし更に高く大きく空間を乗つ取つた黄樺色の山塊が遥々と中天めがけて前方に伸びて立ち塞がつてゐた。それは木一本無いやうな無雑作さであつた。そして一見無用に見えるやうな隆起がその稜線に高く突き上つたりして空を馬鹿にしてゐるやうに太々しく重なつてゐたりした。噴煙はその方向に見える筈であつたが、却つて近くなつたためにそれらの山にかくれてゐるらしかつた。総じてこの衣服を纏はない裸の山々は、唯もう、ずつと昔から斯うしてあつたのだとか、又その大きさで空を占めてゐるために却つて空といふものの広大さを思はせたり、見る人の目に、極く単純な、それでゐて恐ろしい厳粛さを一瞥のうちに示してゐた。汽車の外は容赦なく吹きつける寒い狂風が凍みるやうで、人々は皆走るやうにして支線に乗り移つたり、橋を渡つたりした。客車はたつた二車輛しかひいてゐない小ぢんまりしたその支線の汽車は、それから別に無理に急ぐ必要も無いといつたやうに、しかしまめ〳〵しく大きな山に向つて体をすりつけるやうにして、渓谷に沿うて走つて行つた。すぐ次の駅が下りる駅であつた。

まだ午後三時の、日も照つてゐる明るさでありながら、何となく冬ざれてさむ〴〵した平べたい小駅をすり抜けるやうにして出ると、雪や雨で水分を深く含んだ黒い火山灰土の泥濘があつて、一寸した広場の端に互に離れて二軒ばかりの店があり、見るとそのどちらにも、温泉行のバス案内の看板が出されてゐた。広場の向ふの右角から山間の方へ彎りつゝ上つてゐる広い道路を認め、そこのところにある方の店の前に古びたバスが、寂しく置かれてゐるのを見てその店の方へ行つた。他に四五人の客も駅から出たが、自動車を覓めてゐるのは自分一人のやうであつた。ガラス戸を押し開けて菓子棚や飲食店らしいものの侘びしく並んでゐるその店に入つて、バスの時間をきくと、この頃道路が悪くて自動車は行けない、皆歩いて貰つてゐますと、おかみさんが言ふのだつた。二三押し問答してみたが、結局、温泉までの距離や歩いて要する時間とか、歩いてなら行けるか、どちらへ行つたらいいかとかきいて、一刻も早く出かけるよりほかなかつた。若い主人らしい者も出て来たが、さうしたことの全てがどうも明瞭でなかつた。二里半ばかりあつて、時間は二時間もかゝるだらうといつたやうな、当てにならぬ、腹が立つといふよりも暢気な答だつた。自動車が通ふのだから道を迷ふことだけはあるまいと腹をきめて店を出た。なるほど店の前のバスは車が深く泥にまみれて道の悪さも想像がつくやうに思はれた。

すぐ坂になつた道路の端の方を選つて、疎らに並んだ小家がちの部落を抜けると、道は丸つこい山の瘤の根を次から次へとぐる〳〵めぐつて上つてゐた。自動車の轍がめり込み跳ねとばした道の中央の大部分は勿論足の踏み入れやうもなかつたが、両側は割合ひに踏み崩されずにゐた。それは人通りの少い淋しさをも靴裏に感じさせるものでもあつた。そして踏み崩されてゐない歩きいゝ所と思つてうつかり踏みつけると、火山灰土の柔かい泥がぷすと深く落ちこんだり、萱や木片や鋸屑などを撒いてあつたりする上を踏むと、黒い泥水がじゆつと上つてきたりした。今汽車から下りて近くの部落へでも帰るらしい晴着いでたちの中年の百姓夫婦とか、人気の無い寂しいこの道を一人で歩いてゐる娘さんがあつたきりで、他に殆ど人といふものを見なかつた。心急かれる思ひでその人たちを追ひ越して行つたが、その人たちは如何にもゆつくりと、この道の泥濘にさからはうとするかのやうに泥濘を踏み散らしたり、何か道を歩くといふよりも踏み越して先きへ行かうとするといつたやうなそんな様子は毛ほどもなく、静かに歩いてゐるのが、目にしみるやうであつた。自分が急いでゐるのが、日が暮れたりしないうちに温泉に辿りつかうとすることのためばかりでなく、わけもなしに追はれるやうに歩いてゐる歩き方に馴れてゐる自分を感じ、それは自身何となし怖毛をふるふやうな感じをもつたあの汽車を思ひ起させ、深い息を吸ふやうな気持で、今歩いてゐる道を見つめた。

この冬ざれた、深く泥濘んだひろい道は、その面にむごたらしく轍の跡を刻んで、通つてゐた。しかし自動車が燥しく走つて行つた後は、その跡だけを深く刻んで、ひつそりと、已に返つてゐた。それは恐ろしいばかりに落ち着いてゐた。所々に水溜が出来てうす濁つた水が湛へられてゐた。それも何か痛々しいばかりであつたが、道路はその傷を忘れたやうに更に先きへ伸びてゐた。自分はぼんやりそんなことを考へたりして歩いてゐた。道はどうかかうか余り泥濘の深くない所を選りつゝ、歩くことができた。しかしさうやつて歩いてゐるうちに靴の裏に又新しい感覚を段々意識し始めた。この泥濘が意外にさらりとしてゐることを感じた。初めこの間までゐた支那で、一寸でも水気を含んだ道が執拗なばかりに粘りついて足を取り、油断するとつるりと靴を滑らせてそれこそ顚倒させる到るところの泥道を習慣的に感じ起してゐたので、知らず〳〵その構へで足を下ろしたり上げたりしてゐたのであつた。しかしこの努力の過剰は却つて足自身に反撥して足を疲れさせてゐることを次第に気付かされてきた。それは多かれ少かれ阿蘇の火山灰土を含んだ肥後一帯の土質に普通のことで、故郷にあつた日に経験してゐたものであつた。それを思ひ出して、この土だつたのだと、ひとり微笑まされた。これはこの道を一層深く親しみを以て眺めさせ、微妙な足の安心は、歩みを落ちつかせた。さうして深く轍（わだち）の音を刻み、泥濘（ぬかる）んでゐるこの道路に一種の生気と美しさを覚えるやうになつてきた。その泥濘は悩ませはしたが、ちよつとも意地悪くはなかつた。そしてその面に時々うつとりするやうな無雑作さを湛へてゐた。どうかした拍子に小さな水溜が生きてゐるものの何かのやうに光つたり、泥濘の上に落ち散り重つてゐる木の枝や枯葉が、非常な自然さで埋まり込みつゝあつたりした。又伐木が見張人も何もなく積まれてゐて、しかしそれらの木材自らで体を寄せ合つて断り無く人の手を触れることなどがないやうに喋（しめ）し合つてゐたり、或はたゞの一人で冷たい泥濘の上に暢気に体を伸ばしきつて寝ころんでゐたりした。

ほんの数軒づゝの部落があつて、その家々は銘々大して必要も無ささうな垣や塀などをめぐらしてゐたが、互に寄りかたまつてゐるので、その向き合つた家の間を道が通つてゐる時は、こんな間を割くやうにして自動車が通つてゐるのかとその心無いわざが思はれたりした。家は道と同じ水平面にあることは少く、道路より高くあつたり道路の下にあつたりした。自家の用を足すだけの為めらしい茶の木がよく庭に植ゑてあり、それは葉の粗いものではあつたが如何にも斯うした山間の生活のぎり〳〵の必要を偲ばせるものであつた。又どの部落も見事な石垣を利用してゐた。さういふ石垣の上の生垣の中に眩いばかりに白い羽の鶏が綿の花を散らしたやうに餌をあさつてゐることもあつた。雄鶏の長く豊かな尻羽根が風に吹き靡きながら「ここここ」と雌を呼んでゐたりした。又杉の木立に埋まるやうに取り囲まれた農家の裏に、やつと聴きとれる小鳥の呟くやうな寂びた声がひとり聞えてゐた。それはその家に飼つてゐるのか、或はその杉の枝のどこかで休らひきつて、退屈もせず囀つてゐるのか分らなかつた。

道は谿谷のやうな所に臨んで藪の下に淙々たる岩走る水の音をきく所を通つたり、どの木と言はず濡れきつてその幹を水が黒く光つてしたゝり流れてゐる杉の林の間をくゞつたり、思はぬところに明るい部落をふと見出したりして緩やかに上りに上つてゐた。柿色に熟れた唐黍が軒下に艶々光つて幔幕のやうにさげ並べられてゐるのは、あでやかな位の美しさであつた。さういふ美しい家の中に人気の感じられないほどの静かに住みなしてゐる人々の暮しも心を唆るものがあつた。或る所では庭先の小屋の前に寝てゐた小柄な白い犬がふと見馴れぬ者が通るのに気づいて、うわつと一口吠えて、それからのつこ〳〵と小走りで此方へ来たが、もう三十米も過ぎ去つた後ろから思ひ出したやうに又一声吠え、振返つて見るとそれで又一声吠えたが、それきり一寸ついて来たきりで何とも吠えず忘れたやうにしてゐて、自分が道を曲つて恰度その部落の上に出るやうになつた頃、部落の中で続けて二声三声吠えるのが聞えた。それは全く人に吠えることを忘れてしまつてゐた犬が、全く久しぶりに吠えて見たためにやつと吠えることを思ひ出し、もう吠えなくてもいゝ頃になつてその感覚がはつきり覚めてきて今度はやめようとしても止まらないで口だけが鳴いてゐるといふやうな風に聞えた。

　もうゆつくりと歩いた。目を惹くものは少く、しかもすべてが目を惹き耳を傾けさせるものでみちてゐた。すべてが何でもなく平凡で、きまりきつてゐて、しかも自分をおどろかし、自分に新しかつた。その中、突然道のすぐ右側の草の中で鳴り響く烈しく奔騰する水の音をきいた。近寄つてみると、そこは地下の水が水沫を上げて物凄い勢で流れて居り、そこだけ畑の土が陥ちてしまつてゐるのであつた。水は暗い空洞からわづかにその三米ばかりを姿を見せて又すぐ空洞へ隠れ去つてゐた。しかし少しのぼるとその水は又姿を現はした。それは僅かに一米余りの幅しかなかつたが恐ろしい量で、荒々しく、我儘に、奔放に土手を切り割いて通つたり、畑を突き崩し、岩を嚙んで高く跳ね上り、或は平たい大きな黄色い岩磐に障へられながら、その上にさつと弾むやうに盛り上るやうにして広がつたかと思ふと、白い、壮麗な厚いうねりを描いて、そこに設けられでもした大噴水盤からゆつたりと溢れ落ちるかのやうに誇らかに、たしかに極まりない見事さで落ちてゐたりした。或る窪みの中では何としてもその中に人声がするやうに聞えた。それはそこを通りすぎる背後から尚も聞えてくるので、薄気味わるい位であつた。

道は遂に高い高原の上に出た。高原が前方へなだらかに上つてゐるその果てに大きな山の体軀がうづくまり、聳えたち、波状に起伏して遠く遥かに連なり合つてゐた。黄色い山肌と青い空が太古ののどけさで映え合つてゐた。頂上に薄く雪を刷いた峰も数へられた。振り返るともう日の翳つた裏側を見せて外輪山の長い〳〵列が寒々と深い広い谿谷を取り囲んで立つてゐた。それは余りに見事な自然の細工であるために、この大きな景観を一つの箱庭のやうに思はせるあどけなささへふと起させるほどである。暫く行くと道が右手の尖つた峰とその左手奥に丸く聳えた峰との間あたりへ向いて行くらしいことが大体見当がついた。ほかにもう温泉でもありさうなやうな所は見えなかつた。果して道はそこに分け入つて行つた。しかし坂は急になり、思ひがけぬ森林になつて、例の濡れそぼつた針葉樹が道を蔽ひ、道のために岩が割られ、又道を支へるために、所々にその角立つた大きな割石で石垣が築かれてゐた。道は相変らずべと〲に水分を含んでゐたが、岩が多くなつて泥濘は浅かつた。もう宿に近い頃だと思ふと余計道がひどく遠いやうな感じがしはじめた頃、深くくぼんだ渓の奥に、あの丸い大きな峰の蔭になつて、それらしい屋根が幾つか見え、その峰の断崖をするどくうち敲(たゝ)きながら白くたぎり落ちてゐる幾筋かの長い滝の水が望まれた。その断崖のそゝり立つた上には、これは又のんびりと暖かさうな草山がちよこなんとベレー帽子のやうに見えて、暮れかゝつた日を受けてゐた。歩いたために体はあたゝかく汗ばむほどでありながら、冷えきつた大気から沁みてくる冷たさに皮膚はぴり〲するやうで、早く旅装を解いて、温泉に心ゆくばかり全身をひたしたい衝動でその方へ歩いて行つた。

六

瀑(たき)の音、渓流の音の喧しさと、二枚重ねた蒲団を通してくる刺すやうな寒気の気はひと、馴れない宿の室のために、一夜うつら〲して、どうかすると目が覚めてしまつた。こんな夜には何か枕元に本を寄せて読んだりするのだつたが、五燭光くらゐにしか明らない暗い電灯では、持つて来た小さな活字の本は一つとして読めるものはなかつたし、夜半から暁方頃の空気の中では夜具に包まれた以外のすべての空間と物は凍(し)みつく冷たさであつた。この暗さは夜が明けても続いた。昨夕は暮色の中に着いたので分らなかつたが、今朝になつてみると、後ろの高い峰に太陽が仲々に上らないためか、八時がすぎてもそれ以上になつても灰色の空間が室内に淀んでゐた。電灯はその中に赤い鈍い光を点(とも)したまゝであつたが、この電灯のあかりも、障子を通してくる外光もどちらつかずの暗さで、ひどく退屈を感じさせた。それかとて散歩でもするといつた所もない狭い崖の上の宿なので、しやうことなしに火鉢に寄りついて、鉄瓶を眺めてゐるよりほかなかつた。そして遅い朝食が終つた後、まだ薄暗いのを我慢して、読みさしのリルケを開いた。しかしそれでも障子からくる光よりは、電灯を紐一杯吊り下げて額のところまで持つて来て、それで見る方が僅か明るい位であつた。

昨夕、来てみると思つた以上に幾棟かの二階立てがあつて、本館らしい続きの併し安つぽい二階建の一等南の端の六畳に案内されたが、宿についてすぐと、寝る前にと二度入浴したきりで、隣室の客と顔を合せることもなかつたので、まだ様子がよく分らなかつた。が寧(むし)ろ斯うした人気遠い所に、余り人と顔を合さずにゐる方が気に合つてゐたので、宿の様子を見て廻つたりすることもしなかつた。唯、さうしたこちらから隔絶してゐる狭い視覚の中に向ふからちら〱と映つてくるものは、ひどく素樸な何かであつた。靴を女中が玄関の大きな下駄箱に蔵(しま)ふ時、その中の棚に竹皮製の草履が下駄や靴と並んでゐるのをちらと見た。浴場に行くと、混凝土（コンクリート）やタイルのあくどい装置のものであつたが、その広い湯槽の中に首を浮かしてゐる人々の顔は曇りのない静かな健康な緊張と色艶を見せてゐた。多分山の地方の百姓さん達の湯保養らしかつた。そして殆ど口を利くものもなく、静かに湯に浸つて長々と体を伸してゐた。中にはこんな元気のよささうな若い者までがと思はれる若い青年や壮年者も交つてゐた。老人の一人二人は隣の女湯の方へ行つたり来たりしてゐる者があつた。これは何だか厭な印象を受けたが、女湯の方が湯槽が狭いので湯の温度が高いらしかつた。湯は天井近い高い壁を貫いて来てゐる一本宛の竹の筒から、どうどうと両方の湯槽に流れ落ちてゐるのであつた。

今朝起きて縁側から下の庭を見下ろすと、どこか左の炊事場らしい建物の蔭から濛々と硫黄の匂ひのする白い湯気が風に吹き散らされ、そこから溢れてくる湯の水が流れ溜つて黒い火山灰土の地べたをぬかるませてゐたが、又そこらを、非常に骨太く発育したレグホンの雄鶏が如何にも気取つた足どりで濶歩して廻つてゐた。庭の向ふ側に一棟ある長い二階建は上も下も、こちら側に縁側はついてゐるが、硝子の少し嵌（はま）つた障子きりの部屋がずつと並んでゐた。そして一見人気のないひつそりした感じだつたが、縁の下に何足かの杉下駄や草鞋（わらぢ）のやうなものが並んでゐたりした。そして確かに時々そこの障子が開いて男や女や老人や若い者が手拭をさげて出たり、薬缶をさげて炊事場の方から帰つて行つたりした。そこには自炊の人達が、僅かな道具や蒲団を借りて幾人かづゝが連れになつて来てゐるのであつた。又古びた黒いマントを着て股引に草鞋がけで杖を手にした元気のいゝ、鬚の伸びた老人が前後してこんなに早くからこゝに着いたらしく庭を横ぎつて行く者もあつた。

この宿に着いて目に映つたのはそんなものばかりであつた。今朝片附けに来た若い女中に、遠慮のない大声でからかつてゐる隣室の男客もどこか自炊の人達と些しも変らないやうなところが感じられた。

全身を、押し迫つてくる寒気から庇ふやうに、火鉢に肘を凭せて炭火の上に屈みこむやうにしてリルケを読み辿りながら、頭の隅の方でそんなぽつ〳〵した印象を追つてゐた。さういへば、この安つぽいしかも僅かの道具に何彼に都会の宿の真似をとり込まうとだけしてゐる、しかも又それでゐて唯客を詰め込んで置くといふだけの殺風景さをもつてゐる部屋の中で、唯一つ黒光りするこの下ぶくれの小鉄瓶だけは一向周囲に取り合はない、しかし周囲から際立たないで、独特の美しさを誇つてゐた。さういふ、数少い狭い周囲を感じながら、さういふ貧しい中に湧いてくる美しさと寂寥とを、益々深くしてくるリルケの本を、時々火鉢の横に投げ出したり、又取り上げたりしながら読んで行つた。淀んだ暗さは何時まで経つても自分を包んで去らなかつた。

が、突然、それはあつと声を立てさせる突然さで、その暗い室に、前触れのない白い明るさが不意に音もなく室内に充ちこんで来た。この侵入は何の抵抗の暇も与へなかつた。思はず壁から室の奥へ呆然と視線を走らせてその白光の滲透を追ひかけようとした、と間髪を入れぬ素早さで又さつと障子が一段と明るんだ。見る〳〵うちにその透つた大理石のやうな明るさは先づ障子を眩いほど染め、それから室内の淀んだ暗を濾過して、隅々まで明るい朝の光に変へてしまつた。日が崖の上に上り出たのであらう。雪を催しさうな雲に閉ぢられてゐるからではあつたが、確かにそれは太陽が差し出たしらせであつた。暫くこの奇妙な光りのしわざに見とれ、周囲を見直す気持で、ほの〴〵と胸が明るむ思ひがした。しかし、その感じも長くは続かなかつた。やはりそれほどに明るくなつたと思はれたのも馴れてくると、それは未だ実際は陰（くら）いたど〳〵しい光にすぎなかつた。

　間もなく、一層退屈がやつてきて持てあぐんだ。しかもリルケの言葉は否応なしに、ロダンの石を積み上げて行つた。それは却つて重い過剰の負担を感じさせた。気づくと自分でをかしい位、立つたり坐つたり、廊下に出てみたり、本を読んだりしてゐた。入浴でもしようかと思つたりしたが、朝飯前に一度入つてゐたので、余り時間が隔（へだ）らなすぎるやうな気がした。すべてに何かが多すぎるやうであつた。そしてその多すぎることがすべてを非常に貧しく味気ない気詰りなものにしてゐるやうな気がした。

その小さな殺風景な部屋を見廻した。粗製の障子が四枚縁と部屋とを仕切つてゐたその六畳の中には、どれもが間に合はせの安つぽさでないものはなかつた。焼物の火鉢も、横の床の間も、そこに斜めに傾いて軸は床板についてたるんで下がつてゐる山水の掛物も、床の上の、ペンキ描きの富士山と水と松原との横額も、変に凝つたらしい茶道具（その中には匂のうすい何ともつかぬ茶が入つてゐる）も、表面だけ青い安手の畳も、敢てそれらを取り上げて言ふ必要もないことではあつたが、実にもの憂く貧しい表情を呈してゐた。しかしそれはものとして乏しいのではなかつた。そのものに纏りついてゐる、或はその中に入つてゐる或る非常に過剰なものの齎らしてゐる倦怠であつた。いやこの唯数日ときめてゐる仮の宿の部屋がよそ〳〵しくつき離されて自分を取り巻いてゐるのでなく、何か根柢のある影響を持ち初めてゐるのを、実際は自分が感得してゐる以上に感じてゐた。

時々室内は不意に花が萎まるやうに暗くなつたり、又緊縛を解かれたやうに明るさをとり返したりしたが、この光線の変転はその度毎に、吸ひつけるやうに、自分を動かした。その都度何か探るやうに周囲を見廻し、同時にその自分の目が自分の中に差し向けられてもゐることを意識しだしてゐた。何かがそこを翳つて過ぎた。明るくなつた時我にもあらずその明るさの持続を願つたりした。それはリルケの文章を読む時、頁の間から流れてくるものに似てゐた。ロダンの彫刻の写真を凝視めた。その写真（にすぎなかつたが）に心が食ひ込まうとした。併し食ひ込んだと思ふと視線は彫像の上を上辷り（うはすべ）りばかりした。

持て余すやうにして立ち上つて縁側の釘に下げた手拭をとつて浴場へ下りて行つた。手拭は固く氷り、外には雪がちらついて、この山窪で行き場を失つたやうな風が雪と一緒にはげしく庭を走つて通つてゐた。白い湯気がその中で渦巻いたり押し潰されたりして立つてゐた。

七

浴場は、階下から本館の玄関に出て又広い廊下を通つて、それを突き抜けずに一つの右に分れた廊下に折れると、それが屋根のある混凝土（コンクリート）の廊下になつて庭を向ふへ越えたところにあつた。後で知つたが、このほかに庭の南の隅に石膏泉が一つ、又本館の石垣の下の段に、地下道を抜けて行くと硫黄泉が一つと、三つの浴場があるのであつた。浴場の外には宿で売つてゐる杉下駄のやうなのが男女とり交ぜて四五足並んでゐた。これは別棟の人達のものであつた。

脱衣棚に行き乍（なが）ら浴槽を見ると、年の行つた男と四十恰好の男と二人離れ合つて湯に浸つてゐた。裸になつて下り立つて行くと老人は一寸振り向いて自分の顔を見た。老人のその日差の和やかさ懐しさは、思はずその老人に一寸会釈させずにおかなかつた。老人は湯槽の縁に手拭を枕にして頭を凭せたまゝで会釈を返した。湯加減は冬向きには恰好の温度であつた。澄んだ豊かな湯で、その中に両肢が硝子色に揺れた。

　若い方は漸（やが）て上つて行つた。引き違へに扉が又開いて一人か二人入つてきたがそれは女湯の方へ行つた。女の声が時々した。老人は起つて落ち湯のところへ行つて腰を打たせた。肉附は衰へてゐるが、しつかり固まつた体だつた。バシヤ〳〵と飛沫が散つて、離れてゐる自分の顔にもかゝつた。それが済むと土間の奥の方へ上つて、背を見せて縁に腰を下ろした。自分は向ふの端へ向つて、ぐうつと体をのばして泳いでみた。あふりをくつた湯が溢れて越して行つた。今度は老人のゐる方へ泳いだ。湯が又しきり波うつてこぼれた。体がほてつて来たので上つて縁に腰を下ろすと、天井の湯気抜きから吹き入る寒い風が肩にかぶさつて来た。老人が入るのに並んで入ると、老人が手拭でざぶりと顔を洗つたその顔をこちらへ向けて、咽喉の奥できび〳〵と鳴りひゞくやうな声で何か二口三口話しかけた。「え？」と耳をかしげるやうにすると、来て間がないだらうと言ふのだつた。仕方なしに、しかしその唐突な問ひに何か親しみを感じながら、うなづいて、「昨夜来たばかりです」と言ふと、さうだらう、まだ手拭が白いと言ふのであつた。「なるほど」と老人の他愛ない話に素直に応じながら、「黄色くなりますか」と訊き返した。これで四日目だ、これからまだ色がつくといふ老人の手拭は湯でうすく黄ばんでゐたが、その古い手拭には別な色も浸みてゐた。しかしそんなことから、老人は、自分の在所を訊いたり、宿つきかときいたりした。老人から自炊の設備やら、どこにどんな湯があるかときいてみた。神経痛に利くのは庭の南の隅の、白い湯で、皮膚病には下の段のがいゝ、併し南の方のは、風が真向から吹きこんで湯がぬるいし、下のは下りて行くのがいやだといふやうなことを話した。今入つてゐるのは脳や胃腸などに利くといふのであつた。

さういふとりとめない話をしてゐるうちに又一人二人入つて来、今度は五十ばかりの女が二人入つて来た。最初に顔を見合せた者へ「冷えますなあ」とか「あ」と頭を下げるとかして入つてきた。一寸気まりわるく思つたが、静かに片隅に浸つてゐた。しかし何か奇異に感じたのはその人達の一人も湯治せねばならぬ程の病気などを持つてゐさうにないことであつた。老人にも当然訪れてゐる、老の形は現はれてゐたが、それは老衰といふにはふさはしくない張りをもつた皮膚であつた。どちらかといふと同じ老体でも女の方に或る消耗は目立つてゐたが、それでも仲々発達した体に唯避けがたい老年が自然に浮き出てゐるといふ風であつた。男達の鬚がちの顔には、そのはげしい労働が少し早く刻んだらしい老けがあつたけれども、見てゐると一本の額の皺にも、実正な働きの閲歴が年数をかけて美しく刻まれてゐるのが見えた。それは生き〳〵してゐた。唯手拭を扱つてゐる手の指が太くずんぐりして、その全く技巧のない形は中には畸形なほどのものがあつた。しかし卑しくはなかつた。何かきいてみたい感じがしたが、黙つて上つた。

石廊下に出ると、ほどよく温まつた体に、瀑の方から吹き巻いてくる雪交りの風が何か新しく気持よかつた。そこに立ち停つて暫く風に当つてゐた。すると其処に下駄の音がして、振り返るとまだ二十にならないやうな娘が湯に来るのであつた。その顔は自分の見馴れてゐるやうな輪廓とひどく異つてゐたので、すぐ印象を捉へることは出来なかつたが、幼い頃、或は少年の頃郷里で見たことのあるそんな顔であつた。ひつつめ髪にした木綿衣にくるんだ体は丸々し、目ははちきれるほど肥えた頬の肉におしよせられて細くなりながら、その中で黒く澄んで光り、頬や耳は、もう湯に温まりでもした後のやうに血の色が皮膚の裏に赤く透いて艶々してゐた。しかし、それは美しいといふより何か他のものであつた。美しい（彼女は目鼻立ちもとゝのつた美人の質を具へてゐた）にちがひないが、その前に、別な力で圧倒してくるやうな何かであつた。それは、さつきの浴場の人々の体もさうであつたが、何か或る意外なものであつた。分つてはゐるが今までの自分の世界に遠ざかつたもので、目が見ながら、その形に視線が直接に焦点を与へないものであつた。けれども、さういふものが前に現はれたといふ事実の印象が忘れられなかつた。

部屋に帰ると温まつた感じで、暫く部屋の暗さを忘れて、火鉢に炭をついだり、茶をのんだりしてゐると、さしついだ木炭が微かにパチパチと呟いたり、鉄瓶がたぎる静かな音が意識にやさしくひゞいてきた。わづかではあるが、ふつと鼻の奥までしのび込む茶の香りも心をひいた。それらを心の中で数へながら、外界から障子を鳴らして押し寄せようとするものに抵抗しようとし、とり巻く不快さに対して身構へようとしてゐた。又さうして、坐りながら、しきりに何かを思ひ出さうとしてゐた。それはさつきの浴場で認めたもののやうでもあり、読みさしの「ロダン」の中のもののやうでもあり、もつと自身の内部のやうでもあつた。

確かに自分を思ひ出さうとしてゐた。入浴する前の、暗く寒い中で縮こまつてゐると、自分を思ひ出さうとする努力がすぐ何かに向かつていら〳〵と反噬して行つて、自分を自分に落ちつけてゐることができなかつた。「ロダン」にも、否、「ロダン」は唯一つの自分へのつながりであつた。自分は活潑に「ロダン」に、或る場所では反撥さへしつゝ、反応して行つた。しかし「ロダン」の、純粋な生の充ち溢れる像が、生き〳〵して生を呼吸してゐるといふよりも、それが余りに生々しいものがあるのに、時々追ひつけなくなつてしまつた。そして自分はそこからも自分にかへつた。しかしそこから帰つた目の遣り場がなかつた。うす寒い障子に目をやり、又炭火の音や、鉄瓶のもの寂びた黒光りする肌に目をやつて、わづかにそんな所に自分を思ひ出さうとしてゐる自分を見出して、全く遣り場のない心になるのであつた。

しかし又さうした仕方で今やすべてが影響し、すべてが思ひ出させてゐた。前にはロダンの見出し作り出して行つた恐ろしい面としての像があり、そのロダンを知らうとするためにパリまで訪ねて四年間もロダンに師事して、「観察の対象の実体が突然に浮び上つて来るまで幾度も繰返し観るといふことを学んだ」詩人リルケがあつた、いやそれと同様に目の前に障子が、その間に合せの安出来の四枚の障子が、何か自分を思ひ出させはじめてゐることを突然に意識した。

それは、障子に、いきなり日光が、太陽からの直接の光線が刺すやうに流れてきて、熱いやうな強さでさつと照らした時であつた。それは一抱へ位の大きさでしかなかつたがその銀のやうに耀やく光が障子にさすと、部屋の空気は一瞬にして戦慄して、破裂するやうに明るくなり、胸が揉み込まれるやうな痛さで反応した時であつた。障子は外側からその強い光を受けとめて、紙といふよりもその光そのもののやうに澄んで、素直に爛きながら、その直接光線を室の中にはそのまゝに透さずに、異つた明るさの色をいちめんに室の中に放つて、恰度或る印象が人の心の中に熱い何かのやうに一杯に充ちるやうに、一つの世界と仕出すのであつた。それはガラスの為すこととはひどく違つたものであつた。内からは外の光りも、又障子に吹きつけてガタ〳〵鳴らしてゐる風も、カサ〳〵と、風に交つてくる凍つた雪片も、見ることも触れることも出来ず、而も表に感受したものをすぐその裏に、生々しくない何ものかとして伝へてゐた。中に居て、障子が受けた光や風や雪は悉く取り集められてその消息を内に伝へられ、外の生々しさと離れてゐながら、却つてその全部を雰囲気として単純化して身に感じさせるものであつた。それは気づいてみると不思議な珍しいものであつた。殆どそれ自身厚味のない紙一重のうす手の道具でそれはあつた。無いといつてもいゝ位のものであつた。もし外からそれを見る時は、唯外界を単調に反射してゐるだけのもので、外から障子の中を覗き見ることは出来なかつた。しかしその裏には非常に鋭敏で静かなものを息（いき）づかせつゝ抱いてゐた。それは多少外界よりも内側を暗くした。しかしそのために内側のものは硬化することを避けて柔かい深い陰翳を生じ、みだりがましい外界の侵入を防ぎとめ、又内側のものの濫（みだ）りな逸脱をも制止した。否、それは外から之を見る時も奥深さと平和な内なるものの眼差を外界の者に与へ、それが細い木で小さな目を組んで支へられてゐる僅か紙一重のうす手のものなどといふ印象でなくて、その内部のはかり難い深味そのものの面として印象づけられる。しかしそれは決して建築の全部面に於いて広すぎる程に空間を独占したりするものではない。ほんの一部分、その建築のために光を採り入れる一部面に直線的に平面をとつてゐるにすぎない。それは取り外したり、あけられて自分を更にその空間からそつと謙虚に引き退いてゐる時もある。無理な抵抗などはしない、むしろ破れ易くさへある。それは縁の端の雨戸の位置まで出張らうとはしない、軒の下に少し陰（かげ）になつた所に、しかし内なる部屋を卑屈に押し狭めたりしない位置に立つてゐる。

それは漫然たる空想から、何か苦しいばかり自分の思念の比喩を試みてゐることに気づいた。そして此の比喩が、遂に、障子の「無」に観念的に陥ちかけて、哲学者めいた、乾いた思念が目に触れてきた時、ふつと我に返ると共に、その安易な「無」の観念から自分をもぎ取らうとして苦しんだ。

しかし、これがもぎ取れなければ、この「室」を出まいと決心した。

八

「あら、あら」と縁側のところで言ひながら、昼食を運んで来た女中が、「御免下さい」と障子を開けると、縁側には白く雪が吹き溜つて、庭の上は小雪が視野をふせぐばかりに降つて、それを唸る風がなぐりつけるやうに吹きまくつてゐた。障子の外のスリッパも雪の中にあつた。そして部屋の中にもサラ〳〵と舞ひこんできた。女中は膳を据ゑると、急いで外に出て戸袋から重いトタン張の雨戸を繰り出した。部屋の中は、やつと物の文(あや)が分かる暗さになつた。

「おい、真暗にしてどうするか、飯が食へんぞ、こら」

隣室の客が大きな声で言ふと、次の室からも何やらこれに応(こた)へ、何かどつと笑ひ声が起つた。女中の甲高い声がそれに応じると、隣室の客が「何だ、何だ」と揶揄(やゆ)しかかつた声を張り上げた。女中が光とりに雨戸を少しづゝ隙間を開けて閉め終ると、下から箒をもつてきて縁の雪を掃き落した。

「こら、飯を食ふ時、何だ」隣の客が、口に飯を含んだ声でいふと、その若い女中も負けてゐず、

「でも、この雪を、貴方。ま、埃は立たないやうに掃きますから」と遠慮なく掃き続けた。

「雪は後でえゝ、俺の所へ来て給仕をせえ。お前は、俺の所にちつとも来んぞ、隣の加藤さんにお前は惚れて加藤さんの所ばかり行つとる。でけん〳〵。ほら、俺の部屋前は荒う掃いて、隣の前は、あいつが、静かに掃き居る。加藤さん、かね子は貴方になあ」

「まあ、何言ひなさるね、いやだけんな、東さんは」

どこかまだ子供々々した女中が、つん〳〵跳ね返しながら、箒を動かしてゐる様子が目に浮んできた。次の室のその二人客も声を上げて笑つた。

「ほら、すぐ私にはあゝですよ、加藤さん」女中が逃げるやうにして階段を下りる背後からその無遠慮な揶揄が追つかけた。

隣室の客はまだ顔を見なかつたが、声の様子から四十前後の元気のいゝ賑やかな男であつた。しかし食事や、女中が掃除に来る時、床をとる時などに、何彼と底のない冗談で女中を笑はせたり、悲鳴をあげさせたりするほか、他の時は寝てでもゐるか、

何の物音も立てなかつた。次の部屋の二人連の客とは知り合ひでもあるらしかつた。しかし別に話し込みに行くといふ風でもなかつた。

　風は雨戸を頻りに揺り動かして、ごとん、ごとんと言はせ、その隙間から相変らず雪を吹き込んできてゐるのが、障子の小さな空から見られた。食べものは片端から冷えてしまつた。食事が済むと、本も読めない暗さと無聊(ぶれう)さに、そは〳〵と火鉢の上に手をあげたり握つたり、手を翻(かへ)したりしてあぶつてみたり、鉄瓶のたぎり加減を眺めたりして、この暗さでは、何も彼も、自分の内部までこの暗さがさし込んで、文目(あやめ)なくなつて行くやうな気がした。それに、もうどう防ぎやうもなくなつた冷たさがこの暗さにつけ入つてきて、何かに踠(あが)きつきたいやうな気がして、障子の外に目を向けると、障子の桟(さん)が肋骨(あばら)のやうに、うす気味わるく薄明の中に透いて見え、それが水を浴びたやうな悪感で痙攣してゐるもののやうに映つてきた。

　何分か、さういふ暗の中に凝然としてゐた。

　ふと「彼は……」と呟いた（胸の中で）。

　それから又、落ちつかなく例のやうに手を火鉢の上に神経質に動かしたりしてゐたが、何かちらと浮ぶ思念がすぐ灰色の世界に身を躱(かは)して行つてしまふのを追ひ求めるともなく見放してしまつてゐるともなくみつめてゐた。しかし、ふと、「彼は……」といつたことを何かが頻りに追ひかけ廻してゐた。そして何かが捉へられさうであつた。一度その「彼は」と言ふ言葉を自分の代りに置き換へてみた。よく小説家がやるやうに。しかしすぐそれを苦笑して投げ棄てて、見失ふまいとして「彼」の後を追はうとした。するとどこへ隠れたのか、否何を一体追はうとしてゐるのかも分らなくなつてしまつてゐた。

いら〳〵した疳立つかいげが自身の額を掠めた。そしてまるで目だけが開いてゐるやうな顔で、火鉢の灰の中から何か探し出さうとでもするかのやうに火箸で火鉢の中を掻き起したり撫でたりしてゐた。

ふと、怒つたやうに自分を見た。激怒といつたやうなもので、自分自身を感じた。自分が今何をしてゐるのかと、目を覚ましたやうに問うた。それは、自分で自分のことなど問ひやうもない追究を自分に加へてゐた。恰もそれを以て捉へさうに自分の目を自分で作つてゐただけであつた、自分は或る観念を追つてゐるほか一歩もその拵へた自分の目から出てゐない、お前はこんな山の中の寒い暗い小さな部屋の中の、火鉢一つの傍の一米平方にも足りない小さな空間に、お前の目で押し込んでゐるこの姿を見たか、このあくどく迷つたお前を見たか、ふむ、のんびりと温泉にでも浸るどころか、こんな所へ自分を持つて廻つて神経を疲れきらしてゐるざまは？　偉さうに自分の苦しみは妻子などに分りさうにないなどと事々しくこんな所に逃避してきてゐるが、妻も子も自分をはつきり見てゐるのだ、彼等は自分がこんなに呆けた苦しみをしてゐるのまで見抜いてゐるのに、自分は彼等のその痛ましい目をさへ感じ得ないだらしなさだ、べつ！　唾でもひつかけろ——

一体こんなところに何を自分は持つてきて読まうとしてゐる？　本か、この取済ました本といふものか？　この本でお前は自分を読まうなどと企てた。もつと手近かに、身親(みぢか)にお前が自分を読まうとすれば読める本が、生きた人間の目があつたのだ。「何だかお父さんが怖い」と言つたり、眠怖(ねおび)える神経が——。お前を温泉へ送り出したやさしい心遣(こころづかひ)が。——

——さう考へて来た時、ふと妻が自分の出征中に毎日欠かさず日記をつけてゐたと話したことがあるのを思ひ出した。それは何を書いてあるだらう。子供三人を抱へて一人は学校に通はせ、一人は生れたばかりの手のかゝる子供をもちながら、前には嘗てさういふことのなかつた日記を而(しか)も欠かさずつけてゐたといふ、それこそ、自分を見てゐる最もはつきりした目に他(ほか)ならない。「あなたがお帰りになつたらもう書けなくなつてしまつてだらしなくなつてしまつたわ」と妻が何かの時日記の話と共にした話であつた。妻は自分が帰つてみると、よくこんなことで子供達や家のことを扱ひ得たものだと唖然とするくらゐだらしなく家の中を散らし放題にし、日が暮れると赤坊を寝かしつけながら性根もなく眠り込んでしまつたりして、台所の片附けも中途で放つてあつたり、上の子供達の寝床など、子供達が母の枕元でせついても、鼻の返事だけで、自分が立つて蒲団を取出したりすると、「あ、眠てしまつて、ほんとに、お父さんに済みません、ついこんな……」と言つてゐるうちに又眠り込んだりするのであつた。朝になつて、

「とう〳〵帯も解かずに寝てしまつて、窮屈で〳〵、起きて着換へよう着換へようと思つてゐるうちに又眠てしまつて――」などと言つたりした。赤坊の濡れたものなどが二日も部屋の隅に堆高く積まれて仲々始末されないこともあつた。その癖「お父さんが戦地で苦労していらつしたのに、大事にしなくてはなりません。」といふのが口癖であつた。生きて帰つてもらつたので、もうどんな苦労をしても構ひませんなどとも言ふのであつた。その心根を疑つたことはなく、いぢらしいものに思ひ、出征後に出産をして、暫くは人を雇つたものの、その女が嫁いで行くと後は仲々人手が無くて、兎も角も一人で切り抜けて来てゐた苦労も言ひ尽せぬものがあつたらうと察するのであつた。しかし自分には又一人の心の中に、誰にも言ひ得ず一人で考へねばならないものが戦地から持ち越されてきてゐた。家族の者達が取り巻いて身親に自分を見てゐるのに、彼等を見てやる余裕はなく、何も彼もこめて外界がもの倦かつた。妻が留守中に書き続けてゐたといふ日記なども、それをきいた時は何か心を惹かれながら、妻が、生きて帰つてもらつたので、もう何もいらないと言つたやうな安心の仕方を見せるので、その妻の筆を執るのを怠つてしまつてゐる日記を、溯つて訊き出すことを自

分も忘れて殆ど省みなかつたのであつた。

寧ろ斯うして縋りついてゐる家族といふものをこそ、何か振り捨てねば居れない悲しみといふものを胸の中に持つてゐた。それを一通り反省し責めてみることは勿論知らないではなかつた。併しあの時代に西行とか長明が家を捨てて出離せずには居れなかつたきびしい潔癖の中にのみ純粋な生があり得たことを想つて苦しんだ。そして、それは自分を自分といふぎりぎりの狭さに小さく位置せしめること、自分を断絶して、その断絶によつて起る渇望の中にのみ純粋に生の形式を見出して行つたのではなかつたか。自分は而も今こゝで何をしてゐるのだ。自分はこゝにひとり来てゐる。隔絶してゐる。相当の覚悟も（時にはその覚悟で自分をぞつとさせるやうな）してゐる筈だ。もはや誰も妨げない。自分は自分ときり向き合つてゐるのだ。もう他の何ものかが、又他の何ものをも捉へることはない。——そして自分は自分をこゝにもつてゐる、こんなみぢめな陰い混乱として。そして自分を見るかはりに障子を見たり、自分が見る代りに妻の日記を思ひ出したりしたりしてゐる。

——しかし、遁れてみるがいゝ、障子へなりと、妻子の目へなりと。お前自身を「彼」——さうだ、「彼」などと安易な自分を甘かした客観化など試みるよりも、その方が正確にちがひない。さうして、この障子の表情によつて一喜一憂する（まるでそれよりほかに今の自分は存在してゐないといふ有様だ）身近さであるやうに、妻子も同身ともいつていゝ身親さで自分で気附かないうちにあんなに鋭敏にお前を気附いてゐるのだ。あんなに烈しい鋭敏さを知つてゐるか。あの、出征中に一日も欠かさず日記を書いたり、帰つてくると、へと〳〵に性根もなく疲れてゐるといふ鋭敏さ！

すつと起ち上つて、妻に日記を送るやうに手紙を書かうとした。しかし何よりもこの暗さをとび出したかつた。（電話をかけてもいゝ、手紙をこゝから出して、又送つてくるまでには五日もかゝるかもしれない。）さう思ひ直し、障子を開けて雪の吹き込んでゐる縁に出た。そこに下がつてゐる凍てついた手拭を摑むと帳場の方へ下りて行つた。

九

妻の父の家の電話を呼び出した。出征の留守中、暫く父の家にゐたが、漸つと都合よく近くに二間きりしかない狭い家であつたが空いたので、そこに移つてゐたのであつた。風呂も水も父の家のを使つてゐた。寒いので電話室の中に立つて待つてゐた。十分間ばかりすると出た。妻の妹の声のやうであつた。それからものの三十秒も経たないうちに妻が出た。余り早いので誰かと思つて訊き返すと、「保子です」と一寸きき馴れぬ声がした。「誰？」訊き返した。「保子ですよ、分りませんか。保子です」「さうか――保子だね」「さう」そして妻は何か用事を待つらしい気はひで口籠つた。用事を、さうだ用事だつたと思つた。しかしそれとは違つたことを、どうしてこんなに早く駈けつけて来れたのだらう、実に早かつたなどといふことを考へたり、もしそんなに急いで来たら息が喘いでゐるに違ひないその息づかひを聞きとらうとしたりしてゐた、しかも何か慌ててゐるのは自分の方で妻の方はへいへいに落ちついた声だつた。何かもつと違つた予想が、かんが外れたやうな間誤つきを感じた。

「どうしたんだ、大へん早かつたぢやないか」そんなことをきいてゐた。妻は「えゝ」と答へたやうであつた。そして大急ぎで来たとか、恰度こゝに来合せてゐたとか言ふべきだけれども、それよりも態々電話をかけて来た用向きを、しかも限られた短い時間しか余裕がないので、その方を早く聞きたいし、又それを言ふのだらうと、自分の方のどうでもいゝ答は控へてゐるといふ様子だつた。さういふ催促の気はひを感ずると、又自分が無用な、突拍子もないことをしやべつてゐるのに気づいた。そして妻は、何か忘れ物か、金――金は持つて出たばかりで要る筈はないし、ご本か何か、それとも――といつた風に考へてゐるに違ひない。――それに対して何か言ひそびれる自分を感じた。

「永太郎はいゝか、風邪の工合は」

「いゝんですの。今日は起きてますわ」

「熱は、もう熱はないか」

「もうありません。心配いりません――」

電話が何か十分に言葉を伝へてくれないやうなもどかしさを、そのために不必要なことばかり念を押し合つてゐるやうな、ちぐはぐな気持を味はつた。妻の方でも何かそのもどかしさが感じられてゐるやうであつた。妻に何か自分のことを消息して妻に自分を受取らせてやらねばならないやうな気がした。

「昨日夕方着いたよ。おそくさ。こちらの駅に着いたらね」

「え？」

「こちらの停車場に着いたら自動車が出ない、道がとても悪いつてんで、バスが出ないんだよ。それでね、――分る？」

「え、分ります」

「歩いて来た。三時間ばかりかゝる。永太郎が来るといつてもこの道では、とても、靴があれではね、難しいよ。それに寒くて、とても退屈で。今日は雪が降つてゐる。お前達も一寸来れないよ。自動車が――」自分が何か譫言(うはごと)を言つてゐるやうな気がした。何を言つてゐるのだ？　それに、なるほど子供や女では来難い。しかしそれが何(ど)うしたのだ。それを通知してゐるのか。いやさうではない。よかつたら来たがつてゐる子供や、神経衰弱にもいゝ湯があるといふのに、寝怖れする子供をよかつたら入れたがつてゐた妻を、自分は知らず〳〵拒止しようとしてゐる言ひ方だ。彼等が来てしまつてはならない、と、何と必死になつてゐるのだ――。口がもつれるのを感じ、物を言ふ力が抜けて行くのを感じた。

「湯は、い丶湯だ。熱すぎもしないし、ぬるくもないし」こ丶まで言ふと、話をやめた。

「さう」妻は何か追ひつめられてゐるやうな声で、「双眼鏡をお忘れになつたのぢやないの」

「双眼鏡？」

「お机の上に出してありましたわ。屹度お忘れになつたのだらうつて、永太郎が言つてましたわ。貴方がよく忘れものをなさるので――」妻はこ丶で一寸笑つた。妻が、彼女を、子供を、懸命に自分へ繋げようとしてゐるのを感じた。妻がこれだけ言ひきつて、何かほつと安心したやうに笑つてゐるのをきくと、自分は空笑ひをした、そして自分の顔が歪んでくるのを感じた。沈黙が来た。

「双眼鏡、送りませうか」

「い丶よ、送らなくても。永太郎が一緒ならと思つて出して置いたんだ」

「では送らなくてもい丶ですね。――それだけですね。御用は」通話の時間が切れか丶つてゐるといつた風に妻の声が少し硬ばつて急いてゐた。自分は一寸口をつぐんだ。言ひ出さなければならないことが、口から出て来ない苦しさを、噛みつけるやうに。

「ほかに御用ありませんの」一人ほつておかれたやうな所在無ささうな、退屈した声に変つた。こんなに離れて夫婦が電話器を手にして語つてゐるといつたやうなものが、全く消えてしまつた感じだつた。

「うん」

「では、さやうなら」

「又ね——」電話はどちらからとなく切られた。ひどく体が冷えてしまつて呆けてしまつたやうな気がして電話室を出て、帳場に通話料を附けて貰ふと、宿の下駄をつつかけて、石膏泉の方へ足を向けた。そちらが離れてゐるために。人も少いやうであつた。

十

外は雪が渦を巻いて煙のやうに風に散らされてゐた。戸の外へ出ると、その風が背後から揉み倒しさうな烈しさで叩きつけて来た。瀑の音と交つてそれはどツと唸つてゐた。昨夜積つてゐた雪は庭の上でカチカチに凍てついてゐた。その上を小走りに走つた。何か浮き立つやうな心軽さを覚えた。浴場まではものの五六十米だつたが、非常に長いやうな気がした。その浴場は幾分古ぼけてゐた。入口の扉もガラスが壊れたまゝで、雪と風は容赦なく真向から乱入して、土間も下駄箱も白く雪であつた。真中から仕切りになつて二つに分れてゐるが、左の方の男湯に当る方は落ち湯は止まり、ぬるさうに弛んだ水面に湯気がかすかに立つてゐた。そして右の方には三人どちらも中年の男と年とつた女が一人静かに入つてゐた。その人達に倣つて下駄を脱衣場の混凝土の上に脱ぎ、籐製の籠に着物を入れた。その籠はどれも湯気と、露で濡れた上に、戸と破れた硝子戸と天井の方に開いてゐる湯気抜き窓から傍若無人に吹き込む雪が白い粉をまぶしたやうにくつついたまま半ば凍つてゐるのであつた。粗末に石で畳んだ余り大きくない浴槽の中の白味がゝつた湯のほかはすべてが寒風に曝されてゐた。まだ走りつゞけてゐるやうな忙しさで裸になり、湯槽にとびこんだ。

「はゝ、寒いですナ」一人が自分を見て笑つて言つた。やはり樸直さうな人達であつた。

「なか〳〵」自分も苦笑で答へて、体にしみる湯の熱をぢつと体を縮めて怺へた。

「こちらが温いですよ。そこはぬるくてー」老つた女が言つた。彼等は落ち湯の傍にゐた。一人は縁に頭をのせて足を伸して湯に打たせてゐた。

「えらい寒になりましたよ。もうこの湯はぬるくてでいけません。あちらでないと、上らうにも上れません。落ちる湯は向ふのより熱いですがなあ」彼等は自分達がもうさつきから長く入つてゐて、少し長湯しすぎて上らうとするのだが、思ひ切つて上れないのをお互ひ自身に弁解するやうに、自分に向つて話してゐたが、併し新しい入湯者

が来たのをきつかけのやうに、

「しかしまあいつまで入つても居れん。上らう」と一人が落ち湯の熱い所に体を沈めてから手拭を絞りながら上つて行つた。「今度から向ふにきめた、風邪ひく〳〵」もう一人も、それから女も誘はれるやうに立ち上つた。しかし、上ると男達の日焼けした屈強な体からも幾分萎(しな)びた女の白い背からも健康さうに湯気が立ちのぼつた。男達は濡れた体を三所半に簡単に拭いて着物を着た。「お先きに」と二人が前後して、「上つてしまふと、温いナ」などと言ひつゝ出て行つた。彼等が出る時開いた戸から一塊になつて雪風が湯槽に吹きかゝり、壁にぶつかると渦を巻いて四散しつゝ天井の方へ消えて行つた。

身体があたゝまつて来たので、落ち湯の方へ近づいてみると、なるほど同じ湯の中でも温度が分る位に違つてゐた。底の石も端の方は冷えが感じられた。それでも湯の中に浸つてばかりは居れないほど体が温まると立つて半身を出したり、縁に一寸腰かけてみたりした。さうしてゐるうちに、段々体のしんまであたゝまつてくるのであつた。時々雪が顔にチラ〳〵と落ちてくる冷たささへ気持いゝ位になり、しかしやがて又そののどかな温さが飽和してくると湯の中に長くは居れなかつた。あまり長く入ると体に却(かへ)つて毒になるし、時々卒倒する者があると、今朝の老人がものしりに話してくれたのも思ひ出された。

半身を湯から出して体を拭きにかゝつた。その時がたがたんと重い音を立てて戸が開かれ、雪風と共に女が一人入つてきた。茶の竪縞（たてじま）の細いのが五六本づゝ集まつてそれが一つの太縞となつてゐる緑地の質素な固織の袷せに、無地に近い鉄色の羽織を無雑作に着た若い、今朝見た娘と同じ位の、しつかりした体の娘であつた。自分は風の寒さと驚きで、さつと又肩まで湯の中に沈んだ。娘は戸をしめると湯槽を視た。男が一人入つてゐるので彼女も一寸躊躇した。しかし引返すのもをかしいといつた風に思ひ切つて下駄を脱いで、隣の湯の方へ隠れた。しかし、とても隣の湯は入れるものではない、さう思ひつゝ自分は温まつた体を急いで拭いて脱衣場へ上つた。見ると、娘は隣の脱衣場に向ふ向きになつて立つて帯だけ解いてゐるが躊躇してゐる様子であつた。自分は下駄を履（は）きつゝ、

「こちらに這入りなさい。そちらは駄目ですよ。皆こちらに入つてゐますよ」

「はい」娘は顔だけ振向けて、しかし自分が出て行くのを待つ様子であつた。少し面長であるが、血色のいゝ、目の黒い、元気さうな娘で、その恥らつてゐる風に似ず、どこかあどけない遠慮ない表情であつた。

　厚着の下に温かく飽和した体を戸外の風に吹かせながら本館の方へ帰つて行つた。いゝ、時機に湯を上つた、と安心したやうに自分に言ひきかせながら。雪は思ひ止つたやうにわづかにちらつくほどになつてゐた。宿のうしろの懸崖は上になる程銀一色の

身粧ひで、平生気づかない樹々がその小さな梢まで針のやうに静かに光つて見えた。瀑は白く氷つた岩の間から、そこだけ黒く落ちやまずにゐた。頂の方は灰色の雲が深く蔽ひつゝ流れてゐた。

部屋に帰ると昨日からの疲れが集まつて出て来るやうで、床をとつて寝た。体は快く温とく、ぢつとしてゐると、もうこゝに来てから何日も経つたかのやうな気遠い感じがした。戦地以来硬ばつてゐた体がもうすつかり柔くもみほぐされたやうなのどかさであつた。何も無い、何も残つてゐない、とう〳〵妻の日記も送つて貰ひそこねた。「ロダン」も暫くお別れにしよう。考へる——考へる力は使ひ果してしまつた。唯自分は此処に、狭い蒲団の間に包まつて自分を温めるやうにしてぢつと寝てゐるきりだ。そしてこの小さな部屋には障子が——破れ易い、紙一重の障子が外界に対して守つてゐてくれる。

このあたゝかさは（この温さよりほかに体もない位だ）何だ。自分に少しの手向ひもしないこの過剰なあたゝかさは何だ。否そんな反問したりする自分こそ過剰だ。このあたゝかさは、あの人達をあんなに悦ばせてゐるものだ。山の地下から流れ出してくる自然の温度で、誰がそれ以上熱くしてゐるのでもない。雪風ではあんなに自然に又冷える。この温い湯をあの人達はあんなにのどかに享受して浸つてゐる。不思議なことにあの人達は一人も病人などではない。全く病気がないのではないかもしれないけれど、病気と名づけるほどのものはもつてゐない。働いた体の保養の愉しみを忘れられないものとして年毎に来てゐるもののやうである。都会あたりから遊山気分で来るやうな過剰さも衒ひもない。自然である。あの体はどうであらう。決して大きな体でも高い体でもない。又はたらいた跡をしつかり残してゐる固さを骨にも筋肉にも表はしてゐる。その労苦の跡は皮膚や、あの太い恐ろしいばかり不恰好な指を見ただけでも知られる。彼等は何ら隠す所がない。衣服の下に隠れてゐた身体のどの部分にも些しの偽りをとゞめてゐない。それはスポーツマンのやうな均整や発育を示してはゐない。しかしあんなに不自然に踠いた体ではない。スポーツマンの体を見ると、その戦つてゐる（動いてゐない時も）筋肉が息苦しいばかりである。こゝに来てゐる人達の体を見ると、いかにもはたらいてゐるといつた体である。天から与へられたものを純粋にはたらかせてゐる愉しさといつたやうなものが浮き出てゐる。彼等の体は愉しんでゐる。つまらない気がねで隠し立てしてゐない。彼等の体は露骨である。あらはに好色でさへある。しかし厭らしさはない。一緒に異性が一つの湯槽に浸つてゐる時、その年齢々々であらはに好色に見える。あつかましいばかりに好色である時もある。隣室の遠慮のないあの男もさういへば昨夜「今頃は好か奴達が入つてゐるだらう、俺も出かけよう」といふやうなことを次の室の者に言つて浴場へ出かけて行つてゐた。しかし悪どさがない。原始的といへば原始的だらう。しかし「原始的」などといふ言葉はこゝには向かない。「原始的」といふ言葉は別な人種に対して使はれるべきか、或は現代人の自己弁護の為にする言葉でしかない。自分にも少しこゝの雰囲気が分つて来たやうな気がする。自分はこの部屋で一人ガタ〳〵顫へるやうなことをしてゐたが、入湯に来たらしく、もつと湯に浸るがいゝ。これは少し暢気すぎるかしら。余りお天気屋的な移り気だらうか。余りに肉体的だけの考へではないか。自分自身は少しもあんな肉体なんかもつてゐないではないか。お前自身は思想を以てお前自身を温め得なければならない。はたらかねばならない。はたらいたか？　消耗ばかりしてゐるのではないか。一つも出口を見出し得ずにうろ〳〵してゐるのではないか。はたらいてゐるか？　少くともはたらくことに係り得てゐるか？　喪失の中から求めて来たあれは、この湯の中に求められるのか。

一体どうかするとすぐ何か充実したこんな現実の中に甘えかゝり易いが、形式とは、そんなものではないではないか。却つて「死」を庇（かば）ふものになつてしまつてゐる、現代の頽廢はさういふ形式で埋まつてゐるからだ。そこで新しい形式を求める、現代文化とか新文化とかと言ふ。恐らく現代はこんなことを最も多く人の言ふ時代であらう。併し何（ど）んな形式が生まれたか。人は唯さう言ふことの満足に酔つてゐる。斯ういふ無文化の外に形式を求めるとは、絶望といふ反語的方法の中にのみそつと訪れてくるものだ。それは現実に執して見えると思つては見えぬものだ。西行もあの和歌よりは、和歌の外に見た花が美しいのだ。「未だ見ぬ山の花をもとめん」と歌つてゐる。長明も「閑居の気味は、住まずして誰か知らん」と嘯いてゐる。しかし唯現実を出離するだけなら死ねばよい。彼等はその点では不逞々々しい位に長命を養つてゐる。それによつて長生きの方法を考へてゐたと言つてもい丶。勿論最少限度ながら衣食住を持つた。彼等はさうして現実を取り逃がさなかつた。芭蕉だつて、あそこまで「世間」を失つて、やつと唯「この一筋につながる」と言ひ出したかと思ふと反転して、「思ふ所花に非ずといふことなし、見る所月に非ずといふことなし、夷狄を出でて造花にかへれとなり」と言つてゐる。「俳諧の益は俗語を正す也」などとも言つてゐる。さうしてそこに或る形式が、彼等詩人達には約束されてゐる。

その形式とは何だ。みんな亡びるものではないか。

さつきの娘だつてさうだ。あんなに生き〴〵と若く美しい。しかし亡びるものだ。いや現実の形式は別として、ロダンの彫像にしたつて石や石膏や金属製だ。和歌俳諧だつて、建築だつて、如何なる芸術形式だつて、文化だつて、それが何らかの形である限り亡びるものだ。それらも一つの現実だから。永遠なものはない。又現実の一つだつて形式でないものはない。しかもどうしてあんなに美しく、あんなに生き生きしてゐるのだ。そしてどうしてこんな亡びるものに生や美をこんなに切なく人間は求めさせられるのだらう。それはまるで人間へのまどはしだ。しかしどうしてそんな亡びるもの、仮のものが生き〳〵と美しいのだらう。まるで、仮のものである故にこそ美しく、生き〳〵させてまどはしめずには居られないやうに。

この時自分でも分らぬ力で半身起き上りさうになつた。そして爛々と光る目で、うす暗い障子を凝視めた。それから「ロダン」を火鉢の傍からとり上げた。

「――すべてのものは自らを変形し、けれども彼等は生命を些しも失つてゐなかつた。反対に、彼等は一層強く、はげしく生きてゐた」

「自らを変形し」――危く又此の言葉の意味を取り忘れようとした。しかしこの言葉の烈しさに執拗に縋りついてゐようとするやうに、暫く目を瞑つて自分の激動する脳を鎮静させることを努めた。そしてそれを何かの具現に於て捉へて置かうと非常な苦しさで探索した。眼を開けて障子を見た。そして一語々々を以て、静粛に、しかし確実に具現して置かうとするかのやうに、ゆつくりと（しかし極限的な速度で）つぶやいた。

――障子の四角――素材を脱し、（木は、そしてすべて自然なものは円みを帯びる）変形した、細い、角材、薄い紙、書くための紙の、飛んでもない変形、直線と平面の幾何学的空間的な構造、一つも自然をとゞめた部分がない、純粋な形式、その形式の美しさ、甘えがない、きびしい。――厳として存在してゐる。しかし殆ど現実を侵略してゐない。謙虚そのもの、しかし大胆だ。強い。誰も之に抗ふことが出来ない。

それで静かだ。堅い犯し難さ、それでゐて鋭敏。これは内であり同時に外である。即ち世界である。しかし小さい。ほんの一部分、それも薄く。人はその存在を気づかない位。しかし住家を限りなく深く豊かに美しく見せてゐる。外界のすべてを鋭敏に感受して、それを選択し、濫りに内部を騒がせたり迎合して一時的に喜憂に苦しめない。が一つも捨てはしない。寧ろ収約して外界からの、生への与へられる消息をそつと伝へる。そのために内界は鈍感や無智になるのではない、非常に柔かに弾性的な反応をもつ。徒らに外界に目を奪はれて大切な生を取り忘れることがない。外界に対しては又外界が訪れるものをすべて愛に充ちた目で反射する。光は障子に於て光の美しさ明るさ優しさ、あたゝかさ、そして無形の光を形として知らされる。風はその幽遠な囁きや、流れ来り流れ去る形無い放浪を、その放浪の底の悲しみや愉しみ、やさしさやはげしさを、自分ではつきりと、障子の上に見るだらう。障子は外界をそんなに純真に映して見せようとするためかのやうに白くピンと張り切つてゐる、——そのために自分自身で自分の身を張り破れんばかりな迄。いやそれは日光や埃にうすく色染み、風化し破れさへもする。

障子は、障子ばかりではない、見よ、火鉢も、きゆう子も、茶碗も、盆も、何も彼も、変形して、形式となつて無限の用を足してゐる。彼等がこの形式に純粋であればあるだけ有用で美しい。

しかし、人間は——一寸思考をやすめて、調子に乗りすぎないやうに、そして調子に乗りすぎて取り忘れたりしないやうに、更にゆつくり考へようと自分を戒めた。——人間は自ら斯ういふ形式を渇望し創造しながら、出来上ると粗末にする。形式を粗末にするだけでなく、さういふ形式を渇望し創造しようとする自分自身を粗末にする。そして形式に物質だけを、生々しい外界だけを見ようとする。そして障子は忘れられ、彼の生は硬化し、外から犯されたり、内から過剰に氾濫して徒らに装飾したり衒つたりしようとする。

それは人間自らが又破れ易い仮のものだからである。人間自ら仮のものである故に、人間は自分を何ものにもまして大切にし有用にし美しくしようとする。人間は人間をこんな立派な動物とした。神といひたい位に。しかし人間は人間を大切にして有用にし美しくしただけそれだけ又すぐ、出来上ると嬉しくなり、眩惑し、頼りすぎ、甘え、馴れ、漸て粗末にし過剰な手を加へる。恐らくそのために自分を亡ぼす瀬戸際まで行く。そして形式を、人間を、うち壊す。頽廢。

人間は——人間を生き〳〵させ、美しさをもち、有用なものを創り出すためには、常にその出来上つた形や物に甘えて、それを現実と信じたりする油断があつてはならない。その代りに、仮りの身、仮りの形式としてあることをきびしく思ひ出し、仮りの身に住しなければならない。しかしそれも「仮り」といふことに捉はれると、仏教のやうに現実から、何にもないところへ徒らにさらはれて行つてしまつたりする。そしてあのやうな無用の思弁の堆積、その中での生の腐敗。儒教の「礼」の煩瑣。基督教の絶望的な祈り。そして現代の「科学」の呈し初めた意味深い、恐ろしい病状。

誰がこの「仮」の真理を嗅ぎ分けるか。詩人。詩人だけ。清貧の詩人――。

非常な愉しさで、こゝまで考へて来た。自分の全身が高潮して熱くなるのを覚えた。そして非常に敏感に再び自分に警戒した。

――油断すると又やれ仏教だの儒教だの何だのと言ひ出す。今日そんなことは浮かれたインテリが直ぐ思ひ出す形式だ。自分は暫くそんな言葉から絶縁しなければならない。そしてもつと小さなことを考へよう。

自分のこと（さつきと違つて何と愉しく和やかに自分のことが考へられることだら う）、家族（同様）、こゝの浴場の人達。これ位に限つて置かう。身親といふことの何といふ優しさであらう、親しさであらう。

仮の身などと考へると、一寸へんに硬く考へられるが、そんなことも忘れるところに、のどかな「仮」の意味があるのだ。そして「仮」とは、絶えず形式を、美しく、有用で、単純の中に最大を含むものを覔めてゐることだ。さういふ所に人間は、さうだ「一層強く、はげしく生きて」ゐるものを、自然に、さうだゲオルゲス・ローデンバッハがロダンを率直に「自然力」と呼んだやうに自然に、創り出して行くのだ。

こゝで注意深く自分を省みた。そして自分のこの肯定に果して今迄のやうに異議がないか、といふことを省察してみた。しかし唯一つよりほかなかつた。それは、未来への（謙虚な）心遣ひであつた。しかしこれは自分を傷めるよりも、そつと手を出して触れてみたいといつたやうなものであつた。しかしそれも焦らずに、なるべく自然の時を待ちつゝ、と思ふのであつた。

妻の日記もあんなにして強ひて取り寄せたりしなかつた方が却つてよかつたと思つた。

それから、何とはなしに蒲団の中で「……」と自分の名を呼んでみた。なつかしくて涙がぽろ〳〵こぼれた。ふと戦地で、何か命令を受けとると必ずその上官に対して受令の由を、自分の官氏名を呼んで申告するのが軍隊のきまりになつてゐて、命令を貰つた都度申告した、そのことを思ひ出した。自分は非常に潔癖な程この申告を立派にする癖をもつてゐた。

十一

恰度旧正月後であつたために、雪荒れの日が続くに拘らず毎日浴客は増えてきた。例年のこととして来ることになつてゐる人々が来るのであつた。又家族が交替で来るので、その順番の人は雪のために予定を延期したり出来ないといふ事もあつた。多くは矢張り山に住む人々であつたが、県境を越えて宮崎や大分の方から四五里も歩いて出てそれからバスや汽車を利用し、最後は又なるべく歩いて辿つてくるといつたやうな者も少くなく、そんな人達は幾人かが組になつて室と炊事を共にしてゐた。そして相変らず殆ど病人と見える者はなかつた。老人達も所謂(いはゆる)壮者を凌ぐといつた元気を萎(しな)びた体のどこかに蓄へてゐたし、凡そ都会あたりで漠然と「湯治」と考へるやうに老病者が主な人達でなくて、働き盛りの者が多く、青年も少くなく、女達の種類もこれと匹敵してゐた。小さな、学齢に達しない子供達も交つてゐたが、彼等は浴場の往来にはすつぽりと丹前の中に頭から包まれて親達の背に運ばれた。この浴客の中で最も痺弱(ひよわ)く見えるのは此の子供達であつた。

一体この浴客達すべてが非常に粗食であり節約家であつた。栄養の不足をはつきり現はしてゐた。米も幾らかはこつそり自宅から持参するらしかつたが、味噌、醤油、乾大根、漬物もなるべく家から持てるだけ持つて来た。そして部屋が一日三十銭、蒲団が各人三十銭（これには上等、中等があつて、上等は十銭増し）、このほかに炊事道具、茶碗、薬缶を宿から賃借りし、薪炭等は宿で必要だけ売つてくれる、湯茶は湧湯を利用して本館の炊事場横に何時も煮え立つてゐるので自由に汲めばいゝし、その傍には、宿で一度使つた茶の葉が籠に入れて提供してあつた。飯だけは頼めば本館で一緒に炊いてもくれた。朝昼晩、飯が出来ると炊事場の窓から女中が拍子木を叩くと、それは離れ〴〵になつた幾棟もの宿舎に聞えた。若い青年達が、拍子木を叩く女中を、エヘン〳〵と咳をしたり、何とか彼とかと冷かすことがあつた。浴客達は、買はうと思へば、売店に多少お菜になるものを売つてゐたが、全く高値なのと、大体の節約主義で、唯飯が口に入るといふ程度のもので満足した。飯も朝一度に三食分を炊いて、昼と夜は熱い茶をかけて食べるやうにした。乾うどんなどは御馳走だつた。唯一週間か十日の間に一度は、本館へ自動車が持つてくる魚を買ふとか売店から馬肉を買つて、男なら本館から二本以上は売らない燗徳利をとるとかいふ楽しみもあつた。この人達が一等不自由するのは薪炭だつた。自分の家では一日中薪の焚きつゞけで、「腐る程にあるし」、木炭も焼けばその方が経済ださうだけれど、木炭なんかぢや暖まらないといつた工合であるが、こゝでは竹を十本ばかりと杉の葉と枝を一抱へもない小さな一把が十何銭也と取られるのだから、なるべく火を使はずに、寒くなれば湯に入つて温まるといふ風にすれば、一日一円そこらでなら馴れない男でもやつて行けるのであつた。汽車賃や自動車賃がこの人達には一等高い莫迦げたものであつた。女中にきくと、斯うした客でこの寒中でも百人は下らない筈であつた。併し実際目につくのは二十人もゐるかと思ふやうな寂しさであつた。

「以前なら寒い時は一升（といふのは大抵口癖にすぎないものであるが）ひつかけて、そらア毎晩賑合ひますがなア」と話す者もあつた。

「昨夜から寒うて眠れん。下の村あたりの後家どんでも来てくれんかのオ」

「女子(をなご)の不自由が一番辛(きつ)かなア」

「他家(よそ)のよめ御は来とらすが、こらア一寸相談出来まいが。はつはつは」気易げな年寄が二人位だと、稀にどうした機(はず)みか、話が到頭さうなつてきたりするが、これは女のゐない時、人の少い時の口だけで、裸といふのが寧ろその人達をつゝましくするのか、或は一切の悪どさに習はぬためか、大体余り湯の中では口利きが少く、都会の風呂屋の風景とは甚しく異つた光景であつた。この浴客達の生活の輪廓を薄々知つたのも、一人や二人から、又直接それをきいたことばかりでなく、何時とはなしに少しづつ耳にしたり、目で見たりして、つなぎ合はせた概観であつた。浴客の間にはこの湯の顧客としての先輩後輩などもあつて、そこらから宿の事のあらましがぽつり〳〵と漏れるやうに話に出てくるのであつた。三つの浴槽にも夫々(それぞれ)多少づゝ贔屓(ひいき)があつて、湯槽が広くて、脱衣に寒さが少く、湯も熱い酸性泉は普通であつたが、雪の吹き込む古い建物の石膏泉も、湯が軟かくて温度が低いので却つてゆつくり入れるのと人が少いのとで定まつた顔触れがあり、段下の「新湯」はその浴場が人の目に余り触れず、そこへ行く道が僅かながら遠くて足場がわるく、風が谷からもひどく吹き上げるし、雪で埋つてゐるので、つい人足が遠かつたが、中はこぢんまりと明るく、風も防いであり、肌の湯荒れが少く、又一等静かなので、全くそれを好む少数の人が来てゐるといつた風であつた。殊に夜はこの湯は全く青味を帯びた湯を静かに溢れさせてゐるだけで、低い小さな龍口から平らに流れ出る湯の低い音よりも崖下の渓流の響や本館の出張つた広間で若い者達が時々ピンポンをしたりしてゐる足音の方が高く響く位であつた。

この新湯を知つてからは、（といつてもこゝに来て未だ幾日も経つてはゐないが、一日に少くとも五度は入浴した。）なるべくこの湯に入ることにしてゐた。

雪は時々止むこともあるが、大小毎日降り続いた。が、雪よりも寒気のひどくなるのが恐ろしい程だつた。太陽が出ることは殆どなく、地面だけは自然の温味のためか解けることもあつたけれども、そこを除くと屋根も山も谷も雪であるばかりか、朝起きると階段に近い廊下のあたりは、どこから降り込むのか板張りの上に乾ききつたサラ〳〵する雪が積もつて、暗い電灯の下に異様に光つてゐた。手拭はもとより日中でも湯から出て暫く釘にかけておくと棒のやうになつた。室内は火鉢一つではどうにも堪へられなかつた。茶を飲むにも、先づきゆう子を鉄瓶の上で温めておいて、茶碗も一度熱湯を注いで移し返してから大急ぎで鉄瓶からきゆう子、きゆう子から茶碗へ注がなければ気持の悪い位生温くなつてしまふのであつた。或る時、畳の上に湯が一二滴こぼれたけれどもその儘にしてゐたら、後になつても畳の上に残つてゐるので拭はうとすると、堅い硝子玉のやうな氷になつてゐた。昼間は相変らず雨戸は少し隙間を置くだけで女中が閉めるので、自分の部屋の前だけを、その隙間を一所に集めるやうにして広くし、他を密閉することにした。さうすると結局雪の降り込む空間は前と同じで却つて掃くのにも面倒なく、光線は大きく（せい〴〵戸一枚分足らずであるが）射すことになるので、出来るだけ障子近く火鉢を引き寄せながら本を読んだり、昼間から床をとつてもぐりこんでゐるよりほかなかつた。夜はもう瀑の音も耳につかなくなつたけれども、二時頃になるときまつて寒さで目が覚めてしまつた。風の音、戸のがた〳〵いふ音、その隙間風、それらがすべて寝てゐる室、否全身に響くかと思ふ程、寒気が蒲団の中まで忍び込んで自分を抱くやうな冷え方で寝てゐられなかつた。それを体を縮めて堪へてゐると段々息の根も止まりさうな感じになり、跳ね起きて浴場へ行つた。廊下の板も、空気も痛い程凍り、石廊下を渡る時は意識も無くなる位に寒気に吹きつけられた。浴場にはそれでも屹度一人か二人は入浴者があつた。しかしそんなに人少なで、へんに淋しくしいんとした深夜の浴場では却つて空気が犇めき寄つてくるやうに重くるしくて、挨拶を一言二言取り交した後は、黙りこくつてゐるのが普通であつた。斯うして温まると夜明け方まではどうにか眠れた。

隣室の客は相変らず、寒くなればなるほどといつた工合に毎朝女中をからかふのがひどくなつた。次の室の二人もからかつた。時には女中を捉へて大騒ぎし、女中が悲鳴を上げたり、膳をそつと障子の外から差出したりもするらしかつた。さうするとそれは又何彼とからかひの種を男達に与へた。それは彼等にとつて一つの熱を出す運動みたいなものであつた。自分はいつも笑ひながらそれをきゝつゝ食事をした。自分では殆ど女中に口を利かなかつたが、それで自然に居れた。隣室の男は顔を合せてみたら案外背の低いそして三十五六の若い男であつた。田舎の町の商人らしかつた。次の部屋の二人は殆ど印象に残らない連中であつた。自分が一等話をするのは、浴場で出会ふ老人で五十がらみの頭は薄く禿げて、頬から口の周りから胡麻塩鬚を生やし、長顔で、一寸横顔がギリシヤあたりの何とか二世とかいふ古びた帝王に似た、品もあり、子供のやうな目が深く穏やかであつた。この年寄だけが右脚の膝関節が痛むといつてそこを湯に打たせた。さういふ神経痛といふことから恐らく口を利き始めたのであつたが、一日に一度か二度は一緒になることがあり、会へば時々向ふから話しかけた。しかしそれは例の自炊に関する話や、阿蘇山の登山の話や、訊くのに任せてその故郷の話などにすぎなかつた。年寄は阿蘇の噴火口のことを、いつも擬人的に神様らしく話した。例へば火口が今西の方のが一番活潑であるのを、「あちらへ移らした」と敬語つきで話した。その話によると、昔は「阿蘇さんは」緑川の上(かみ)に居られたが、谷の数が百に一つ足りないといふので今の中岳に来てしまはれたが、このあたりもこんなに湯が出たりするのを見ると、こゝらにも「居らした(い)か知れんなア」といつた工合であつた。併しこの年寄も「熊本ではこの阿蘇郡が一番広からうなア。学校で習うた地理に、阿蘇郡とか菊池郡とかと色で分けてあつたなア」といふ閲歴もあつたのである。

年寄は娘と二人で来てゐるのであつた。間もなく自分は帰つて今度は嬶と代つてくるが、娘はそれまで残しておく、それは二番目の娘で、上は長女は嫁ぎ、兄は嫁を取り(彼等もそのうちに代つて来る)下は学校に行く子があり、今の娘はもう嫁入先がきまつてゐるが、婿になるのが召集されて出征してゐるといふのであつた。その娘は、ときくと年寄は、知らないのか、といつた顔で、「体の太か、俺に似た顔ぢやが」と簡単に答へるのであつた。

「縞の袷の」とふときくと、果してさうであつた。「もう二十一になるが」と年寄はそんなことまで語つた。年寄にその婿の部隊名をきいてみたが、どうもウロ覚えにしか覚えてゐなかつた。唯南支へ廻つてゐるといふことだつたので、強ひて聞かず、自身戦地へ行つてゐたことも語らずにおいた。しかしひそかにその人が武運長久であるやう心の中だけで祈つた。

この他にも、挨拶を一口づゝ位多くし合ふ顔見知りが一人二人あつた。年とつた少し背のくゞまつた女も石膏湯でよく会ふうちに口も利き合ふやうになつた。

十二

一等湯が賑合ふのは、夜八時から十時すぎ迄であつた。どうかすると脱衣場に女の着物が二つも三つも押し込んであつて、男湯の中に若い女達が二人も三人も、四人も交つてゐることがあつた。いや昼間でも一度などは入つてみると女ばかりが三人で男は一人もゐないことがあつた。若い女達は女湯の熱さが合はなかつたのである。

彼女等はさすがになるべく湯槽の隅の方に、余り体を動かし廻らないやうにしてゐたが、彼女等が一人でも湯槽に入ると、全く華麗な白牡丹を浮べてゐるやうなあでやかさを浴室に与へるのであつた。華麗といつても、か弱い優しいものではなくて花のもつ野性さがあつて、それが咲き誇つた大輪の豊かさで艶めいてゐるのであつた。そしてその簡単に束ねた髪からも、円く盛り上つた白い肩の一部分からでも、桃色をした耳朶からでも、人間の若さそのものの匂ひが発する或るはげしいものがあつて、男達の皮膚にそれはぴりぴりするほどひゞくのであつた。気さくい老人達でもその傍には居たゝまれなくてそつと離れて反対側に行つて長くなつてみたり、洗場に上つてみたり入つてみたりしたが、女達の一挙手一投足から離れることができなかつた。しかし老人達が一等これが楽しみらしく見えた。確かにさうして浴場を共にするといふことで彼等の老までが老そのものながらにかゞやくやうにつやめいてくるのであつた。

彼女達はさういへば一種の人間の肉体の試金石みたいなもので、彼女達がゐると、老人も中壮年も青年も、いや同性の長年者達でさへ、すべてがそれぞれに不思議な敏感さで、さつと緊張すると共に、それぞれの年や性のもつ肉体の姿といつたものを表情するのであつた。これまでも入浴者達の身体を或る珍しいものとして観察してゐたが、この若い女達の場合は彼女等自身の肉体の美しさだけでなしに、それが周囲の人達へ、恰度水面にさつと微風が落ちてさゞ波を水面一杯に立てるやうに影響を与へるのを見て、面白く思つた。壮年者達は何か余裕を示さうとしつゝ最もはつきりとその影響を受けとめて味はつてゐた。青年達はまるで生気がなかつた。唯力弱げに時々横目を使つたりしてゐた。彼等は敏感すぎるのと同じ年輩でも早く成熟してしまつてゐる女といふものに圧倒されて頭が上らないのであつた。年長の女達にはもつと複雑なものがあつた。無表情で示す嫉妬もあり、まだ自分の中にも残つてゐる名残を嗅いでみようと自分をいとほしんでゐるのもあり、溜息ついてゐるのもあつた。しかし結局若い女達の若さと美しさに我を忘れておどろき見惚れる瞬間を隠し得なかつた。とにかく、若い女達は浴室の一人でありながら特殊の何かであつた。それで彼女達が入つてゐると浴場は何となく無言のざわめきを示しながら極めて静かであつた。

彼女達はおどろくばかり皆揃つて肥満してゐた。こんなに肥えて肉がつくものかと思へる程肥えてゐた。しかしその重苦しいばかりの身体が不用に弛んでゐる部分は一つもなかつた。どこもこゝもくり〳〵と引き緊り、旺盛に成長するものの自然にとる円味をその極限まで備へてゐた。従つてその顔にしても、眉も目も唇も、赤く膨れた頬も、頸筋、ふくらかな胸、乳房、腹といつたどの柔らかな部分もが、しつかりしたかたい厚味のある線をもつてゐた。それは弾力的に力強い金属的な或るものさへ感じさせた。頰や唇は燃えるやうにといふよりも焼けつくやうに赤く血の色が透いて見え、肌は花びらのやうに白かつた。

この彼女達の美しさは天性の女の若さと働ききつた労働の発揮したものであつた。彼女達は一人々々見ると十人十色で、一人二人を除くと美人といふ程ではなく、身体も高低様々であつたが、その何れもが天性のきりやう以上に所謂年頃の冴えた美しさで、生き〳〵と競つてゐるやうであつた。それでゐて、彼女等の誰もが、その周囲に清らかな山地の空気と太陽とがあつて、それが何ものにも増して彼女等の栄養を養つてきてゐることを示してゐた。それらのはげしい愛（炎熱や風や寒気）を彼女等から遮つたり庇つたりする何らのものがないために、彼女等は自然に卑屈な匿し立てなく内から美しく強くなれるだけどし〳〵と発育してその健康な四肢肉体を作つて行つてゐるのである。彼女等は未だ幼い時から薬品的化粧といふことによつて自然の皮膚をいためることを知らなかつたために、空気が彼女の頰や額を絶えず羨ましげに弄んでゐたかのやうに耀くばかり生き〳〵と艶めいて、荒れたりしてゐなかつた。彼女達の目も無用なものに余り煩はしく注がれたことがなく、常に限られた少数の必要な目標物に親しんできたやうな、澄んだ黒さ、あどけなさ、そのくせ、しつかり落着いてその視線の向いたものははつきり見つめてゐる目をしてゐた。（そのために彼女等を庭で一寸冷かしたりする青年でもあつて彼女達が振返つて見るとその視線にぐつと押されてしまつて男の方がまごつくのであつた。）しかしその誠実と親切とをあどけなさの中に包んだ目つきは誰人にもとげ〳〵しい反撥を示さないので、男達は抑制を失つて彼女達に誘はれるのであつた。

そしてこの浴場で偶然男達が発見できた彼女達の肉体の発育は、恐らくそれが代償となる賃金などを殆ど全く考へることなしにはたらいたものだけのもの、曇りや歪みのない、溢れるばかりの、純粋な生の奔騰を、その腕に、肩に、胴に、腿や脚に波うたせてゐた。それは彼女達の二本の足のみが支へ得るすばらしい肉づきであり、その豊満さをくびれる程引き緊めようとする弾性が又到る所にあつた。

彼女等は唯不思議な程その美しい肉体を無造作に固い着物にくるんでゐた。全くそれは唯くるんでゐると言つた方が当つてゐた。彼女等を飾る衣裳といふものは無かつたのかもしれない。彼女等は人の気づかぬやうに湯槽の縁の外で屈みながら体を拭いてゐるかと思ふと、その白い豊かな背を見せてさつと脱衣棚に行き、着物をひつかける。それは実に素早かつた。男達の間に軽いしかし又深い落胆の色が現はれる。彼女等はその粗い着物の上に、彼女の円味を固く緊縛する小幅の帯（バンドのやうに肉体に媚びて狭くもなく、華奢な丸帯のやうに不健康な衒ひでもなく）を、彼女の丸い体への唯一つの直線的な添景を加へるやうに締めると、そこに一つの節度ある早乙女姿になつて出て行くのであつた。

この偶然をたのしんだ。これは人生の最も美しいものであり、愉しいものであつた。それは末梢的な感覚を、不快に刺戟する何ものもなく、唯人間がこの世に願つてゐる最大の願ひの美しさが余りに手親に単純に仕出されてゐる、技術であり、仮りなるものの渇仰が、最高最極にはたらいた、悲しいばかりの創造であつた。到底、その創造の中に「物」として手を出したりするものの摑み得ない、又自ら「物」としてこしらへようとする技巧の及び難い、天の作品であり、最も生きてゐるものであつた。

十三

或る日、その前夜から雪が少くなつてきて、朝も風がやんで唯しかし非常に凍つた小粒の雪が未練気に降つてゐた。空中から落ちる途中でどうかする拍子にフワリと空中に停止して浮いたかと思ふと、だしぬけに横合から来た風にスーと押し流されたりしてゐた。縁側に降り込んでくるのも少いので、雨戸はなるべく開けて置き、何となし心の安まる感じであつた。しかし宿の裏の懸崖から庭から凍りついてゐる雪の色のきびしさ、四つの瀑のうちの小さな二つは遠目にはすつかり凍りついたまゝになつてゐるのを見ると、この寒がまだ些かも弛む気はひはなかつた。懸崖の下の丈の揃つた檜の林も今朝は深く雪を被つたまゝにその中にその深緑をにじませて静かに立ち並んで、声もなく、いつまでも眠つたやうにしてゐた。時々その梢だけがかすかな身じろぎをした。雪が少くなつたためか今朝は二組三組と早くから発つて帰る人達があつた。男も女も着れるだけ着こんで、子供は六つ七つになるやうな大きな子も親たちが背負つて、ねんねこをその上から羽織り、例によつてその頭はすつぽりとねんねこの下に隠れてしまつてゐた。さうして荷物を分け持つて、夫々向き〳〵に帰つて行くのであつたが、これから幾里かを雪凍の人気のない道を歩いて、互に連れを庇ひ合ひながら帰つて行く、そして子供達はすつかり従順にその背に縛りつけられたまゝぢつとしがみついて辛抱して、目を瞑つて――、それは二階から見てゐる自分の胸を熱くするものであつた。

しかし例によつて十時近く崖の上に日が上つて、障子が明くなつたり暗くなつたり、時には、青味を感ずるまでに白い礦物質的な日光が直接に障子の一部の上に躍つて、その瞬間は何かパツと音でも立ちさうな胸をハツとさせる明るさで照つたりしたが、それがいつのまにかすつと暗くなつて、又も風のざわめきが始まつたかと思ふと天地をこめての雪降りとなつて、それが奔流となり渦を巻き、もはや崖さへ目に見えにくい位になると、寒気が恐ろしいほどに下るのが感じられてきた。障子も紙が凍るかと思はれるし、天井も壁も畳も、はては火鉢の下半部の冷たさが、それに接してゐる膝を顫へ上らせるのであつた。もはや自分の体一つと、火鉢の炭火と鉄瓶だけが、温味を持つ唯一のものであつた。お茶をいれようとすると、きゆうすの蓋がぴつたりと凍りついてゐて、火にあぶらなければ外れなかつた。人々は浴場に集まつて、どの浴槽も混んでゐた。それは何か殺気立つたものさへあつた。しかし浴槽に身を沈めて、体がしんから温まつて、のどかに湯の中に長くなつて体を浮かせてゐると、そこには小さいけれども何と恵まれた無上の幸福が享けられることであつたらう。些かも変りなく熱い湯は天井の竹筒から限りなく迸り落ち、湯は絶えず溢れ、それぞれの健康な美しい閲歴を持つた体がお世辞も誤間化しもなく、つくろひもなく寄り合つてこの天の恵みを受けてゐる。若い女達も今日はゆつくりしてゐる。これは全くたのしい、はたらく貧しい人達の最も豊かな饗宴であつた。人々は今日は妙に浮立つてさへゐるやうであつた。

今日程人々の体の表情が一々に鮮かに映つたことはなかつた。自身の体は初めからみじめであつた。軍隊に入つただけの体で、骨組みもあつたが、しかし自分の体はその人々の体に比べてまるで違つたものになつてしまつてゐた。体は拭ひがたく経てきた複雑な、そして幾つかの痼疾をもつた不健康体になつてしまつてゐた。唯この浴場の中で、この恵まれた温湯と共に、この一団の人々の閲歴の中に交はり浸ることによつて、その精気を享けたい、そこに生のいたはりを倣ひたいと願ふのであつた。

傍には二十七八歳の若い男がゐた。こんな青年の目といふものが今頃あるものかと思はれるやうな、絶えず清洌な渓泉に雪いでもゐるやうな、美しい目をしてゐた。彼の体も見事だつた。そしてこの青年の鍛へられた、耐へることによつて強くなつたその顔の皮膚にも外界は若者らしい敏さで感じられ、しかしそれがその皮膚の上では静かな沈黙と和やかな色として表はれてゐた。も一人の青年は、延面冠者そつくりの頭髗の広く拡り頬から顎へすぼまり黒光りする顔の中に、波形の微笑を含んだ目が並び、大きく坐つた鼻、罪のない厚い唇まで似てゐた。さういへば此処の人々の顔は能面の和やかさと抽象とをもつた顔が多かつた。そのためにどうかするとどの顔も似寄つて同じに見える位であつたが、一つ〳〵は、勿論ひどく異つた出来であつた。が、どちらかといふと、さういふ抽象された顔といふものの方が強く浮彫になつてくるのであつた。それは唯平凡といふよりも、何か彼等の身体の中にはたらいてゐるものが作り出した純粋さに於て一致した或る物の仕出でたもののやうであつた。紛乱してゐないものの世界で極めて正確に作り出されてゐるものであつた。それで若い女達でもその顔の器量は夫々にあつたけれども、その美しい（誇張なしに実に美しい、あの古代の曼陀羅の吉祥天女像のやうに豊艶に、整つた顔の娘もゐた）その個人的な美しさ以上に、別に滲んでゐる抽象された美しさの方が彼女にとつてはるかに美しかつた。これは都会あたりで、一人一人が自分をつくろつてゐるほか、その雰囲気的な抽象を周囲に持たずに身寒いばかりに孤立してゐるのが思ひ出されて驚かれるのであつた。

さうした抽象のために能面などが、老若男女を簡単にその性と年齢で分類して作られてあるのが、決して概念的なものでなく、その身をはたらかしてゐる者に自然に現はれてくる不思議な抽象を見事に捉へてゐるものであると感じられてくるのであつた。

例へば老人はすべて「老人」として一括されてよかつた。そして却つてこの「老人」的なものが烈しくその生を表はしてゐると思はれた。彼等は生の何ものも失つてゐなかつた。老衰してゐるけれども、その老衰が不思議な、寧ろ壮青年者のもち得ない冴えをもつて、老人達に最も豊かな満たされたものを感じさせられた。もし女性があの若い乙女達に於て最も豊かに美しいとしたら、男性では老人が美しかつた。はたらき鍛へられきつた渾然たる肉体としてあつた。彼等は湯から上る時でも、その濡れた体をほんの形だけ拭いて滴のついたまゝの体に着物を着たりした。青年はこれに比すると、その逞しい成長に似ず、老人達の傍では出来てゐなかつた。それは単に所謂労働といふやうなことだけによるものでなく、その体がはたらくことを、未だ未来がゆつくりと待つてゐるのであつた。彼等は生に於てはたらかねばならない。彼等は何か落ち着かないけれども彼等は落ち着くやうにならなければならない。彼等はまるで枝から落ちた果実のやうにそこに居るけれども、根を下ろしてゐない。しかし、壮年中年者を見て青年を振り返るとハラ〳〵させられる。こゝにゐる壮年中年の男達は、もはや根を下ろし、枝や葉を出してはたらきつゝある。併しそのしつかりはたらいてゐる中に、或る岐れ路を背負つてゐる感じである。これらの人達にさへ、頽癈や消失への危険がどことなしに漂つてゐる。彼等はそれを結局征服して、見事に生を遂げるかもしれないが、しかし現在は不安をもつてゐる。彼等は自身に於て何かそこに自覚を求めつゝある。これに比すると青年などは、さうした未来に於ける閲歴に対する予感のために外から見た不安はあるが当人自身にはさういふ重い課題はまだ実際には与へられてゐない。それは容易に燃え上るだらう、又容易に腐るかもしれない。しかしそれは決して生の全部ではない。唯彼等には生が、切ないものとしてだけある。そしてこの切なさが彼等を進める力となるだらう。

母といふべき中年、祖母といふべき老女がある。恐らくこの浴場の中で唯ひとりその肉体の或る部分が削げたり、或る部分が歪んだり、又へんにたるんだりしてゐる。それは子供を生んで、それを育んで来たためである。それはどうかするとこの中では醜い感じを起させる。それが「母」である。唯彼女等が孫か子供を傍に置いてゐる時、生が悲しいまでに人々の目を刺す。又、まだ子供を生まない、或は一人生んだだけ位の「妻」と言はるべき二十四五の女（たとひ二十一二でも「妻」に於ては二十四五にその体は表情してゐる）達は、処女達と「母」達の間にあつて、どこか誇りがましい。充たされた生を誇つてゐる。彼女等は静かにしてゐる、しかし夫の蔭にゐることによつて大胆さを目立つて示してゐる。彼等は時には横行するといつた風を見せることがである。さて、小さな、あの痩せた子供達を見よう。彼等は目立たない。湯そのものである。彼等は湯の中に入りたがつたり、外に出たがつたり絶えずぢつとしてゐない。それは溢れてこぼれたり、溢れそこなつて又湯槽へ帰る温湯そのものである。人の顔を親しげに見廻したり、湯にたはむれたり、あたり構はず騒いだりしてゐる。しかし彼等は湯を意識しない。湯をたのしむとか、味を知らうとかする、経験への興味はない。鼻汁を出したり、汚れや垢をつけてゐても洗はうともしない。しかし彼等にこそ与へられてゐるものは一等大きい。その痩せてゐるのが心配になる。

実際この温湯はこれらの人々の静かにのどかな休養の場所であると共に、互に相寄つて自分達の中にはたらくはげしい生をいたはり合ふ所であつた。それは時に氾濫した。その夜、風の音に交つて、庭越しの棟からも、南西の崖下の棟からも歌声がめづらしく聞え始めた。いや、隣室でも何か女の声がし、次の室では知り合ひのおかみさん達でもあるか二人三人一緒に来て、「では一杯御馳走になります」と言ひ、高い声で笑ひ話し、女中が何かいひつけられたり冷かされたりしてゐる声がしてゐた。「今夜は向ふでも景気が好いぞ」隣の客が嬉しさうに大声で、「こつちも歌はうかい」しかし彼はどうも歌は得意でなく、相手の女に歌へといつてゐるが、女は又まだ若い田舎々々した女で、とてもそんな声がこんな所で出せさうにもない風であつた。どういふ女か分らなかつた。或は下の村あたりからでも呼ばれてくるのであらうか。何かそんな話も一寸あつたやうである。夕食を済ますと、せうこともなく間もなく床を敷いてもらつて寝てゐる耳には、あたり憚らぬ隣室の話は聞くまいとしても筒抜けに聞えるのであつた。そして今夜のこの人々のざわめきが又何か溢れるものを感じさせて、このざわめきをぢつと心に聴き取らうともしてゐた。

と、ふと三味の音をしらべる音が二三度どこか本館の方から聞えた。おやそんなものまであるのかと自分だけが迂濶であつたをかしみといつたものが湧いてきたが、その三味線は鳴り初めると、幼い時、門附けに来た古い肥後琵琶そつくりの、ぼろん、ぼろんといつた音色の、とてもたど〳〵しいもので、音の強弱もない、「父よあなたは強かつた」が弾き出された。しかしそれも途中でうろ〳〵と立ち消えて、でかんしよになつたり、小原節にもなつたりしたが、それが思ひ出したやうに、ものの二三十分も繰返された後は止んでしまつた。この寒気ではとても弾けるものでもあるまい。そのうち向ふの部屋の女達も「大変御馳走さんでした」と帰つて行き、女中が片附けてゐると、さつき二人で出て行つた隣室の男も、一人になつて湯から帰つたらしく、一寸女中をからかひ初めたが、女中が忙しくしてゐるので、「俺には構ひもしてくれんから、冷えないうちに寝よう」などと言つて、案外あつさり寝むらしかつた。よその棟の歌声だけはそれから益々賑かになり、女達の腹を抱へて笑ひこける声も一しきり風の音を圧する迄になつてゐた。しかしこの本館つゞきの棟が静かになると、手が冷えて本を読み煩つてゐた自分も何時の間にかうと〳〵となつてゐた。

急に寒さがぞつと身にしみわたる思ひがして目がさめると、風は落ちてゐて、瀑の音だけが雨の音のやうに聞えてゐた。それでも深夜の一切が凍り縮まつてゐる感じは何か犇めくやうなけはひで忍び寄つてきて、自分を再び眠つかせなかつた。時計を見ると、一時すぎにしかなつてゐなかつた。この寒さでは今夜二度位目がさめることであらうと観念して思ひ切つて起き上つて足音をしのばせて浴場へ下りて行つた。薄暗い縁の板の上には降り込んだ雪がキラ〳〵光る粉を撒いたやうに見えて、その上でスリツパがつる〳〵と滑つた。階段のあたりにはその小さな雪が軒の隙から舞ひ込みながら小さな渦を巻いてゐた。そこの板の上は堆高く積もつて、スリツパの跡がはつきりついた。顔に降りかゝる雪は、鉄屑か何かのやうにチカ〳〵と刺した。

石廊下の電灯の光りの及ぶ所はこの深夜に吹き荒む雪煙で白く暈をつくるばかりに見えた。その石廊下にさしかゝつた時、浴場の中に消える人影が見えたやうであつた。雪の中を三段跳のやうに跳んで渡り、中へ入ると、女下駄が一足揃へてあり、女湯の脱衣場で着物を脱ぎかけてゐる若い女の後姿がたちこめた白い湯気の中に見えた。それはいつか石膏泉で躊躇つてゐた、あの老人（あの老人も今朝娘だけ残して帰つて行つた筈であつた）の娘であることが見覚えのある着物の柄と後姿で分つた。そつと男湯の方へ入つた。

脱衣棚は湯気が蒸発せずに冷えついて、どこもこゝも濡れてゐた。場所によると奥の板に凍りついてゐた。やつとその一つを選んで着物を蔵めると、冷えきつた体を静かに湯の中に沈めてゐた。この寒い吹雪の中でひとり明るく温く、いや今は人の出入りがないため一層熱くさへある湯が、ひとり小止みなく後から〳〵滔々と落ちてくる湯のために音を立てて溢れてゐる有様は、何か生物のやうな、異様な感じがあつた。湯気が濃くて隅の方は見透せない位であつたが、それだけに物の姿が朧ろげに陰影を含み、奥の方の中央の男湯と女湯の通路にもなつてゐる洗場のところに設けてある小さな上り湯の湯口が壁から人の頭ほどの大きさで作りつけてあるのが、ふと見るとそこから首を出してゐるやうな不気味な錯覚を起させたりするのであつた。一体に深夜の静かな浴場は何処となし不気味な殺気立つたものがあつた。そして今は宵のうちの人の多さとざわめきのあつた後として余計その寂しさが際立つて迫る感じであつた。ふとさつきの脱ぎ揃へてあつた塗下駄と紺縞の娘の後姿を目の中に浮べてみた。しかし隣の女湯の方も落ち湯の音のほかは静かで、そこに確に人のゐるけはひさへも聞きとれなかつた。一人で浸つてゐるには勿体ない位の湯を肩で切り分けるやうにぐつと切りながら落ち湯の方へ一蹴り平泳ぎの仕方で泳いで行つた。

その時隣の浴槽で何か烈しい音がした。立ち止つて聴耳を立てた。落ち湯の音がハタと止り、その代りにぱしや、ぱしや、ぱしやと落ち湯が強く跳ね返る音であつた。

それは隣の客――あの娘が体のどこかを湯に打たせてゐるのにちがひなかつた。湯はどうかすると外れて湯槽の中へどつと落ち込んだが、又ぱしや、ぱしや、ぱしやと跳ねた。思はず息を呑んだ。目の前に、白い豊かな体を、烈しい勢で落ちる湯に強く打たせてゐる光景がちらりと浮んだ。しかしあの娘が何処か神経痛でもあるのだらうかと考へたが、すぐそれは想像を自分で否定した。あの若い健康体でそんな筈もなし、又老人も何らそんなことを話したこともなかつた。恐らく唯一人の心易さで、人前ではしないことを、一寸してみたくなつたのではあるまいか。そんなことを考へて更に何か想像を進めさうになつた瞬間、落ち湯がど丶丶と湯槽にたぎり落ちる音に変つてしまつた。はつと我に帰つて、想像を打ち切られると共に、自分もさつき湯に打たれようとして近づいてきたことを思ひ出したが、娘が恐らく自分一人であると信じてそんなことをこつそりやつてみたのであるかもしれないとすれば、なるべくそのまゝ彼女に気づかれぬやうにしてゐてやらうと考へて、又退いてぢつと屈んでゐた。一寸窮屈なものを感じて、体をもて扱ひかねるやうな気がした。しかし落ち湯の高い音と、湯槽を溢れる音とに紛れて起ち居まで気をつける必要はなかつた。

と、又何か音がした。又湯に打たれてゐるのかしら、と思つて耳を傾けると、今度は落ち湯の音はそのまゝで、別に湯を掻きまぜる音か何かであつた。それに続いて確かに彼女の咽喉からの声で「あつプ」といふやうな湯を銜んで吐き出すやうな声、ドブンといふ音が続いて起つた。そして啻ならず湯槽の湯が煽られてゐるやうなけはひ。何か不吉な直感が電光のやうに襲つてくるのを意識した。しかし一寸思ひ返して自分を抑へた。又も「あつプ」といふ声とはつきり聞きとれない低い声のやうなものがした。それから湯の重いざわめき。思はず急いで湯の中を女湯との仕切の壁の方へ一蹴りして進み、湯槽の縁に手をかけて半身を乗り出して通路になつてゐる所から覗いてみた。

と、すぐ目の前から白いものが躍るやうに湯の中に突き入つたかと思ふと、一寸妙な恰好の抜手を切つて深い湯気のこめた中を向ふの方へ鮮かに消えて行くのであつた。

十四

翌日一日置いて、「立春」といふことが女中の口にも聞かれた。そして不思議にどことなし気温は弛んで、朝からの雪も、小さな花びらのやうなのが混りはじめて、軽やかに気紛れに舞ひ、その雪の中で又崖の下の檜の木立の緑が紗を透してみるやうな美しさを呈してゐた。それは色彩に乏しい景色の中で、何か古代の織物のやうな、渋くてしかも鮮かな美しさであつた。今朝も帰る人々が二連れ三連れあり、隣室の客も午後帰るといふので昨日からそのことを何彼と女中達に言つたりしてゐた。

隣室の男といへば、昨夜一寸ごた〳〵があつた。といふのは昨日雪の中をバスで乗りつけた一団があつて若い青年も大分交つてゐるやうであつた。女中の話ではどこか町の警防団か何かで、そんなものがこんな所にと不審に思はれたが、何やらの慰労を一泊の湯浴で果さうとするものらしかつた。そして明かに、町方の者らしい気取りと傍若無人な露骨な横暴さで、費用だけの遊興はしなければ不経済といつたやうな取り外しやうで、本館の到る所で仲々の騒しさであつたが、夕食後は浴場に押し出したその勢ひが、遂に女湯への侵入となり、音頭をとる者があつて猥雑な歌が高唱されたりして、一ぺんにこゝの空気が変つてしまつた。浴場でそれを見て、自分もむか〳〵した。しかも彼等の目や顔や身体に表はれてゐる頽廢と卑しさは目を蔽ひたい位であつた。併し警告するよりも、もつと自分をかういふ目視出来難い不快さに堪へさせようとした。びし〳〵とそれを自分の骨に刻みたいと思つた。そしてやつと自分の部屋に引取つたのであつた。それから十一時近く迄浴場の騒ぎは耳に響いて眠らせなかつた。ところが急に階段の方が騒がしくなつたかと思つたら、ガヤ〳〵した空気が隣の室に来て、障子が開き中に数人が入つた。

「あいつには私達が謝まらせますから、どうか御勘弁下さい。どうもほんとに相済みませんでした」と見知らぬ声がひら謝りに謝つてゐた。気附くと浴場の方は静かになり、廊下を後から続いてくる足音も二つ三つ聞え、次の室の障子も開いた。

「謝まるとか謝らぬとかいふことぢやあるまい」隣室の男の、ひどく抑へた低い声が、気持のいゝ位落ちついて聞えた。「――自分達だけで騒ぐのなら、まあそりや貴方方もお金を払つてのことだから、兎や角言ふまい。しかし俺は老人も居り子供も居るから少しばかり静かにして下さいと言つただけだ。しかも俺はおとなしく頭を下げてお願ひした。それだのに、子供相手に何の咎があつてあんなことをするか。そして傍からなだめると打つてかゝつた。俺だつて唯の贅沢で来てゐるのではない、後備で戦争に行つて負傷のあとが悪くて療養に来てゐる、そんなことは誰にも言つたことはないが、さういふわけだから手荒なことはお互にやめようと一度断つたのである。一体貴方方は何だ、時勢のことなども町方では金の上ばかりで考へてゐるのか――」

　そんなことを彼は代る〴〵頻りに謝る相手に言つてゐた。謝る方は結局このことが外に洩れたりしないやうにといふ腹らしく、そのために妙に相手に追従するやうなことを言つたりして益々彼を不快にさせるらしかつた。しかし彼はその不快さも自分で我慢し、実際は自分の単に個人的立場で唯彼等の理不尽な乱暴から避けようとしたまでだといひ度いらしかつたが、彼等がそれには触れず外面的に〳〵と執拗く言訳けて謝つてくるので、つい〳〵警告めいたことを言ひもし、何か一寸口走つたことが、彼等を深く恐れさせてゐるもののやうであつた。さういふ、互にちぐはぐな言葉の遣り取りが長く続いた後、やつと彼等は目的を達したやうな諦めたやうな安心しきれないものを残しながら引きとつて行つたのであつた。帰つた後で、次の室の者や、ほかに気遣つて附添つても来てゐたらしい二三人の人達との間に砕けた話が取り交されてゐたが、間もなくその人達も引取つて静かになつた。

今朝早目に食事を済ませて片附けて帰る人達の声が庭の方で聞えてゐると、いきなり隣室の男が、縁側から、

「おうい、万歳々々！」とその背後から浴せかけた。下で女中達がそれを見てきやつ〳〵笑ひこけた。

「こら、万歳と送つてやつてゐるのに挨拶をせんか！」正直な人達がきまり悪がつて聞えぬふりでもして返事もし得ずに帰つて行くらしいのに、彼は又も剽軽(へうきん)に浴せかけるのであつた。あたりの人達のどつと笑ふ声の中から、

「左様なら貴方(あ、た)――」年取つた女が笑ひつ、答へる声がした。

「万歳――」若い女の声も、負けるものかと言はんばかりに返つてきた。

「うん、万歳、万歳。来年又会ひまつせう、ねえさん――」

「万歳」と又応じてきた。と、又頓狂な声が彼から発せられた。

「一寸々々姉さん、――雛が、見なつせ〳〵」その声と共に庭中が何かを注目する一瞬、哄笑が爆発した。

この愉快な客も昼食後、自ら帰つて行つた。今度は女中達が裏の欄干に出て、木の

間がくれに坂を下つて行く彼に、いつまでも万歳を繰返してゐた。

午後は雲が切れ初めた。しかし凍てつく寒気がすぐ去つてしまふとは思はれなかつた。手拭は相変らず凍りつゞけてゐたし、石膏泉の中に吹き込んだ雪さへ頑固に凍りついたまゝであつた。しかし浴槽の中では噴火口への登山の話などが出たりした。

その夜日が暮れてすこし早目に浴場に行くと、その中に妙な女を見た。入つて行くと入違ひに男が二人出て行き老人が一人残つてゐた。女は端近にゐた。もう馴れてゐるので、その女の背を見ながら、遠慮せずにずつと廻つて反対側から入つた。そして見るともなく見ると、一見今迄見た女達と異つた印象を受けた。

その中年の女は顔色に生気がなかつた。こゝで初めて病人らしい女を見たと思つた。それが注意を惹いた。彼女は石の縁(ふち)に頭を凭せるやうに少し仰向きながら余り身動(みじろ)ぎしなかつた。しかしそれにも特徴があつた。普通の女達なら、たとひ身動ぎしなくても、内面の生気がその静かな上にも現はれてゐるのであつたが、今この女は、何か冷たく、底の冷えたやうな、或はぢつと息をとめてゐるやうな静けさをもつてゐた。漠然とさういふ印象を受けた。ところが、一緒にゐた老人がふとその女の方へ近づかうとし、何かその女に言ひかけようとしたやうなけはひを感じた瞬間、その女は、するりと立ち上つて、手拭を腰にあてて、落ち湯の方へ近づいてきた。浴槽の深さは女の腰が隠れるほどもなかつた。斜に浴槽の中央を横ぎつて前を歩いて通る女を見上げて、その女の異常さを感じた。彼女が立ち上る時もそれは殆ど波も立てないといつたやうな静かさであつたが、今湯の中を歩く彼女も、異様に静かであつた。そしてその時気附いたのは、この女も決して病人ではなささうだといふことであつた。湯に浸つてゐる時の彼女の顔は額が少し青んで広く、それが目から下になると、顴骨が太く光つてその骨には妙に肉が残つてゐるけれども、頰になるとずつと削げて鋭い顎へつゞいてゐるが、その頰に深く衰消が漾つて、その横鬢から顎へかけて不似合な程濃い髪が横顔を隠してゐた。それから又著しい特徴は、その高い眉で、細目の眉が描いたやうに瘦せた眼窩の端に弓形についてゐて、一寸切れ長の目、鼻、唇が、すべて眉に似て薄手であつた。それから頸も肩も筋が見えるやうに肉附がなかつた。ところが、今立上つて目の前を横切る女を見ると、今迄水面下になつて見えなかつた背から腰、そしてそれに続く脚にかけて豊かな肉が残つてゐる。しかしそれは放縦に荒んだ肉体であつた。何か前身があり、あだなところがあつた。それは子供を生まない体であつた。ふとさういふ気がして見ると、愈々これは唯はたらいて来た女ではないと思はれ、その或る部分は奇妙に若々しい肉が残り、或る部分は哀れな程冷やゝかに衰消してゐ、乳房などは遂にその用をなさぬまゝに萎んでゐた。そしてその複雑な体の中に、彼女自身の意識せぬ怨恨と悲しみと怒りと執拗な生の慾望とが、燐光のやうに燃えてゐるといつたやうな凄じさが、ちらりと漾ふのが感じられた。彼女の肉体はもう力なく屈しつゝ、しかし案外にまだ若い、まどひやすい男の体を欲してゐる、そしてもし最後のさういふ貪欲な閲歴を終へたら、彼女はぽつきりと崩れるやうに死滅するやうに萎び果てるかもしれない。

彼女は自分の前で静かに落ち湯に体を打たせ、又静かに元の位置に帰り、今度は石の縁に頭を凭せて男のやうに両脚を水面から斜めに上げてそれも石の縁に揃へて載せた。そしてそのつゝしみのない姿勢のまゝで何分も冬眠した蛇のやうに動かなかつた。そのうちに新たに入つてくる客もあつたが、流石（さすが）に男達の目にも驚きがあつた。

いつも長くは湯に浴しないことにしてゐるので上らうとした。その時これは又面白いものを見た。それはさつきから一緒だつた老人（六十も過ぎたらしいずんぐりと小さな全く田舎々々した）が今迄何処に置いてゐたのか薬缶を下げて自分と並んで脱衣場の方へ行きかけたが、さつきの女の所へ行つて何か言つて薬缶を差し出すと、女は仰向の姿勢のまゝ黙つてそれを受取り口づけに薬缶の口から水を飲み、又老人に返した。老人は「もういゝか」と言ふ風にその耳元に顔を寄せてきき、女が唇から下でうなづくとそれを受取つて、脱衣棚の方へ来た。この二人は隠しやうもなく年が釣合つてゐなかつたが、恐らくこの老人の迎へた後妻ででもあつたらう。それも前身のある唯でない女を、この小金を持つた老人の最後の強い希望が押しきつて連れ込んだ後妻にちがひない。老人はもうどうかすると、濡れた石畳の上では足元もよろめき易く老衰してゐるが、どうして未だ、その赭々した皮膚の下には強い力を十分に残してゐた。

　これは面白い対照であり、この浴場では珍しい光景であつた。しかしこれもこの浴場の一部として見えた。この妙な女と、老人が薬缶に水を用意してゐて飲ませてやつたその印象とには、不思議に何のあくどい技巧も感じられず、それなりに、むしろ極めて自然であつた。この二人について一寸小説的な想像を起させられたが、さういふ想像の底をつく生の印象がまざつて小説的な想像などは突き崩されてしまつた。

十五

　ところが、その夜、別のことからこの温泉場に小説めいたことが起つた。といつてもそれは小説ではなかつた。しかし当世の小説ずれした者の目には、小説めいて見えるかもしれないといふだけである。
　あの老人――わづかながらこの浴場で交際をもつた老人、娘だけを残して老妻と替りに帰つて行つた老人のその娘、言葉を交したことはもとよりないが、鮮かに心に残つてゐるあの娘の許婚者、あの老人の――こんなくどい息ぎれた言ひ方だが――言つてゐた出征中の婿が、戦死したといふ報せが娘のもとへ届いたのである。しらせに来たのは老人の弟で、娘の叔父になる人であるらしい。浴場から帰つて、さすがに冷えて行く夜を感じながら、火鉢に倚つて或る思ひに耽つてゐる時であつた。何か庭向ふの棟のどこからか、若い女の押へきれなくて嗚咽する声がふと耳に入つた。瀑の音と風の音に妨げられながらも、確かにそれは声をあげて泣く若い女の声であつた。その泣声は怺へようとしながら、又も噛みしめる歯を吹き破るやうに顫へて迸るかと思ふと、遂に大口を開けて辺り憚りなく喚くやうに泣くのであつた。その声は本を読みかゝつてゐた注意をさらつて耳を傾けさせた。いや、瞬間この温泉宿の人も物もすべてがその声に吸ひつけられたやうな気がした。唯奇妙に他の人声はしなかつた。何か胸の顫ふやうな気がした。

　実は二三日前から読み続けてゐる「能と能面」を手にとつてゐたとはいへ、今浴場で見た中年女の肉体が、却つて今になつて何か惻々と迫つてくる、不思議な印象を整理しようとしてゐたのであつた。浴場では何か正視しかねて、むしろ強ひて冷静を装はうとしてゐた警戒に似た意識の表層を破つて、あの女の印象が否応なく踏み込んでくるのであつた。その印象は一言にいへば、荒じいものであつた。己と己が肉体の肉と血を噛み啜り、萎れ荒んだ己が肉体を喞つてゐるやうな、怨念に青白んでゐる女体の、おのづからに放つてゐるもの狂ほしいみだらさが、冷静であらうとする意識に、ひつたりと貼りつき、次第に自らの血管の中へ、寄生木の白い根のやうに、糸のやうな根をしづかに執念く食ひこんでくるやうな気がしてくるのであつた。あの妙な、岩乗な老木のやうな老人の愛し方を見てゐるので、その老人を間に挟んで、助かつたといつたやうな安堵の心地もするのであるが、その老人の肉体を通して一層女の妖気のやうなものが烈しく燃えてゐるやうにも思へるのであつた。この浴場で見る沢山の人々の身体は、もちろん夫々に異つてゐながら、大体に老人は老人、若い者は若い者といふ一つの抽象的な印象に余りにも入りすぎるのに今迄は奇異な感を覚えるほどであつたが、この中年女だけはそれから外れてゐた。特殊の閲歴者であつた。歪み、変則で、生命を肉体だけがやつと支へてゐるといつたやうな、少くともこの浴場では唯一の奇異な印象を呈してゐた。しかもさういふ変則的である故に却つて一種の中年を語り、女を裏に感じさせるものであつた。こんな女こそ、能楽の幽鬼のやうな狂体となるものではあるまいか、否すでに狂体そのものではないであらうか。それは単にこの女が己一人で頽廃させた体ではなく、女といふものへかゝはりをもつ男の、否人生そのものの命の「好き」ともいふべき好色の、その好きのすゝみのまゝに魂と肉体とを崩壊させつゝ、さういふ「好き」自らが自らを悔い、怨み、狂うてゐるやうな感じであつた。あの女が、初め見るともなくこちらを見、老人を避けて起つて、落ち湯に身体をうたせると見せて近くへ歩み寄り、それから痩せた背を見せつゝ元の位置に帰つて行き、それから男のやうに足を湯槽の縁に凭せて体を長くし、うつ〳〵と湯に浸つてゐたその姿、老人が薬缶を差し出した時、黙つてそのアルミの薬缶から口づけに、その乾いた咽喉へごく〳〵と水を流し込んで飲んだ、つめたい表情を想ひ出し、いのちの苦しい呻きが、ぴり〳〵と魂の底へひゞくやうな気がしたことを今想ひ返すのであつた。彼女は自分にとつて何の係りも拘りもなかつたであらうか。それは明かに有るとはいへなかつた。しかし又無いとはつきり言ひ切ることもできなかつた。否、しかしそこまで引きつけてくると、寧ろ自分の無意識に試みようとしてゐた抵抗が却つて無用のものであつたやうにも思つた。それは、実は全く浴場で他の人々に於いて享けてゐたものと本質的に何も違つたものではなかつたことに気づいたからである。

この浴場の、静かな、狭い世界の中で、そこに浸る単純な人々の上に、まことにリルケの謂ふ「各一分間の中に千倍の人生が」あることを感じ、限りなく落ちて来ては浴槽を満し、一杯に満ちては溢れ去つて、常に新しく満ち、休まず流れ溢れる湯とひとしい「生」の湧躍と流動と作用とを、まざ〳〵と見せられ、次第に自分の身体にぢかに享け取らうと乗り出さうとするものを自分の中に感じて来つゝあつたのであつた。唯ひどく鈍く硬化し生気なくなつてゐる自分の皮膚を自覚せざるを得なかつた。そのために言ひしれぬ寂しさを覚えると共に、唯心素直にこの湯に浸り静かにこの人々の中に交つてゐることによつて、幾らかの生気の復活を待たうといふ心でゐた。それによつて一つの皮膚――「仮面」が徐ろに生れて来つゝあることをも、ひとり感じてゐた。

酷しい寒気が皮膚から肉から骨へ滲み透り、僅かに本を支へてゐる手の裏をだけ温めてくれる火鉢にうち傾いて己を屈めてゐる孤独に、「生」と共に雑物をも凍て捨てさせることと、その冷えきつた体を、浴場にすつかり浸し温めつゝ、この純粋に生き〳〵した生命の体に交はることによつて、次第に己の中に奥深くひそんでゐる「生」の激動が、目に見えぬほどの静かな波立ちとなつて波うち初めてゐるのを自ら認めないではなかつた。しかし何か硬ばつて遮つてゐるものがあつた。しかるに今日、あの中年女に対して無意識に持つた抵抗が、あの女の強い不正常な踏み過ぎた「生」といつたやうな気はひに踏み込まれて抵抗が破れ、みだらなあやかしに拘り、息苦しい喘ぎをまでひとり感ずることを否み難くなつた時、初めて心素直に心解けてまざ〳〵と他の人々の「生」にも触れ得たやうな気持がしてきたのであつた。

「生」はそれを整へたり纏めたりしようとしてゐるだけでは手にも負へないし、又全部的でなかつた。「生」の「好き」すゝみすぎ、そのために「生」が己自らを悔いと怨みとで喰ひ入つて、狂ふほかないほどにまではたらいてこそ、生は最も純粋であり又はたらき充ちてゐるにちがひなかつた。

あの中年女のあやかしが、今は無用の抵抗なしに自分に作用してくると共に、又抵抗なしに静かに他の人々の列の中に帰つて行きするのを見まもり、それが、ひた〳〵と自分の中にあることを感じて、それをかへりみつゝ、己の中に「生」が沁みるやうに熱く覚えられてくるのであつた。もどかしげに火鉢の上で掌を返してみたりした。

「神は常にある。なくなりやうがないものだ」何といふことなしに、さう呟いたりもしてみた。そしてその言葉によつて満足させる何かがあつた。否、今は何と言つてみてもいゝといふ気もした。「男」といつても、「女」といつてみても、「老」といつてみても、「若」といつてみても、それらはそれ〴〵に異つてゐたが、少しも混乱しなかつた。それらの生は、或る時はまどひ、或る時はあくがれ、求め、はたらき、舞ひ、狂ひ、怨じ、かけり、くどき、したが、どれも見事であつた。どれも己の中にあつたし、どこにもつゝいて行けた。

そんな考へともいへないものに耽り、又もあの中年の女のことを思ひ出して来、その女の悔いや怨みや執念深い慾望が、ふと、あの深夜の浴場で一人溢れるほどに健康な体を湯に打たせたり、つゝしみも忘れて酔ふやうに泳ぎ廻つたりしたり、それかと思ふと、ひどく人の前に己を固くつゝんだり躊躇したりした若い娘へ、何か係はつてくるのを知りはじめてゐた。あの中年の女の見つめてゐたのは、男の肉体――況(いはん)や自分の肉体などでなくて、女自らを、それも朽ちかけてゐるそのものとしての「生(いのち)」、女として溢れる程に豊麗に生ききつた若い乙女のいのちといつたやうなものを、崩れ、曇りゆく己の肉体を以て見つめてゐたのだと思はれてくるのであつた。恰度そんなことを考へてきてゐたその時であつた、庭越しに、ものすさまじい瀑と風の音との中に、あの若い女の悲しい泣声が聞えたのは。

それ故はつとしたのであつた。何か自分の想念といつたやうなものが、生きもののやうに闇に走つて行つて、見もしらぬ若い女を打ち擲いたかのやうな一瞬の不思議な錯覚を覚えたほどであつた。しかしそれは必ずしも意外ではないといふ気がした。思ひ出すともなく(全く人は一瞬に百千のことを思つたり見たり感じたりしてゐるものである。それはプルーストでさへどれほどもそれを捉へて記録し得るものではない)、山へ来る時、電車から駅まで歩いてくる間にも感じた自分と現実との不一致の苦しみを思ひ出してゐた。そしてあの苦しい錯覚がこの山の湯の一室で極度に狂飆のやうに襲つたのち、今度は不思議な調和、いやそれは段々と恐ろしいまでの契合となつて来つゝあつたやうな気さへ今はするのであつた。

若い女が泣いてゐる、声を上げて鳴咽してゐる。異常に全身が戦く気がして、この世界から立ち去つてみようとするかのやうに、起ち上つて外へ出ようとした。耳に冴えてくる女の泣声を片耳に享けつゝ、障子を開けた。と、そこへ女中がいつもするやうに夜のための木炭を手籠に満たして提げて来るのが階段の方に見えた。「火はございますか、どうぞ沢山に」

さういつて近くに来た女中へ、出来るだけ平気さうに、何か物好きさうに、あの(もうその時は聞えなかつたが)泣声はどうしたのだらうときいてみた。女中は、声を落して、あの娘さんのおむこさんになる人が戦死したといつて叔父さんが今しがた宮崎の方から山越えに知らせ旁々迎へに着いたのでございます、云々と女中の説明するのをきゝつゝ、顔の血が下がつて行くやうな気がした。部屋に帰り、床をとり蒲団を頭からかぶると、ぶる〳〵ふるへる唇を嚙んで咽び泣いた。歯がきり〳〵鳴つた。すると一層熱い涙がぽと〳〵音を立てて、敷蒲団の上へ落ちるのであつた。全身が熱くなつて火の出るやうな気がした。その意識を失つたやうな烈しい嗚咽の中に、あの娘の悲鳴のやうな甲高い泣声が聞えるやうな気がした。しかもその声の中に、深夜起き出でて一人で浴場で若い体を泳がせてゐた姿が美しいもののやうに現はれたり隠れたりした。そのほか突拍手もなく妻子の顔を浮ぶかと思ふと、耳のあたりを切つて飛んですぎる銃弾のけたゝましい音や、砲弾の発射音から数へてゐるうちにシユル、シユル……と空を切つて来て、ふと途絶えて、一寸次の瞬間を待つかとする、呀つといふ間もなく全身に吹き当つてくる炸烈の爆風がまざ〳〵と感じられたりするのであつた。しかし体にこたへていいのちのきり〳〵軋めく苦しさと切なさとに顫へやまず、そのためかのやうに声をあげて泣き体をもだえた。さうして泣いてゐるうちにやがて何もなく己もなく唯荒涼と激越し、もはや何も求めもしないし思ひもしない、悲しみだつてしない、恨みだつてするものか、ひとり体をふるはせて涙を拭つた。断絶した、と心に叫んだ。そんな言葉がどういふ意味なのか考へようともしなかつた。しかし何か大きな軽さをふと覚えた。しかし気づくとまだ頬を涙だらけにしてゐた。

十六

苦しい眠りから覚めた。そして夜が明けかけてゐるのを知ると今日火口へ上らうと思つた。とてもいつものやうにこの崖下の温浴などに浸つて居れない気がした。そしてひたすら火口へ上ることを全身が唆るのを感じた。それはしかし拘はりのない決心であつた。唯昨夜泣いたりしたいぎたない顔を洗ふだけにした。階下には山の水をとつた放し流しの水道があつた。疼くやうな冷たさで、思ひきつてその中で手を洗へば或は暖い感じも起るかと思つたりしてゐるうちに指先から感覚を失つてしまふのが感じられた。ざぶ〳〵顔を洗つてゐると顔と手とが別々になつてしまふやうな気がした。手拭で急いで顔と手を拭いても暫くはどちらもまるで感覚が失くなつてしまつてゐた。

庭先には新しく降つた雪はなかつたが、旧い雪が板のやうに凍てついてゐた。天気だけは快い晴れ色を見せてゐた。掃除をしてゐる女中に火口へ上るから朝飯を早くしてくれるやうに頼んだ。道は大体見当つけて行けばいゝと思つた。殆どこゝから上は樹といふ樹はないし、幾つかの峰を経り、谷を越えて行きさへすれば噴煙を目あてに行けると思つた。戦地で敵中を道も方角も分らないところを索めて行つたりした経験のかんが役立つとも思ひ、さし当りこの宿から登山道の緒口をきいておけばいゝと思つた。

朝食の時女中を呼びとめてその道をきいた。女中はよくは知らなかつたが、庭から右の方へ上る坂道のあるのを教へてくれた。三時間近くかゝりませうといふのであつた。とにかく登山路といふのがあるにはあるがはつきりした道ではないらしかつた。昼食は火口の下の茶店が今でも店を開いてゐるといふので要ればそこでとることにして身一つで出かけることにした。

出かけようとすると帳場の硝子戸の中で何かしてゐた女中が飛んで出てきて、火口へ上るお客様からは失礼ですけれどお宿泊料をお払ひ置き願つてゐますのでと勘定書を差しつけた。「なるほどね」と財布を出しつゝ、ふつと胸の中が白むのを覚えた。

庭を横ぎつて崖の裏手へ廻る心持の坂を、厚く凍てついた土を踏みつゝ上つた。上衣とジヤケツを透してスツ〳〵と冷えきつた朝の空気が肌にふれた。行く所といへば常に敵の目を警戒し捜索しつゝ行かねばならなかつた戦地の習慣がまだ抜けきれないでふと思ひ出され、こんなどこからも弾丸の飛んで来ない所なんて気を配ることが要らなすぎて莫迦みたいだと思つたり、今頃戦地ではどうしてゐるかと想像されて見たり、あの娘のもとへ報せが来たやうな事がひよつと起つてゐたりするのではないかと思つたりして、一寸立ち止まるともなく立ち止つて祈るやうに胸に念じたりした。

幾度も死を決せねばならない――一度きり死を覚悟して征で立てばいゝといふものではない。それは一度死線を過ぎると命が惜しくなるといふのではない。一度死線を通ると、次に別な心持の、も一つ死を決するものが求められるのである。何か死を決してかゝるものを「生」が求めてでもゐるやうな、そのくせ、「生」にひたりきつた心持で、次第に放胆になつて行き、それと共に又簡単にではあるが深刻に、死といふことをも知つて、勝つ（か負けるかといふことは考へられないけれど）か負けるかの勝負を各瞬間に競つてゐる、――そんなことを妙に考へ耽つたりされるのであつた。

道は崖の裏手と思はれる所でくね〳〵と曲つたり窪地に入つたり、浅い杉の立木の間を通つたりした。もう何の足跡一つない雪の上には唯冴え〳〵と光だけが漾（ただよ）つてゐた。十五分も歩いたと思ふ頃、草の中に道標が立つてゐた。もう古くて殆ど読めなかつたが、気づいてみると道がT字形に左右に二つになつてゐた。道標をも一度しつかりと見とゞけようとした。すると右左ともに火口道に違ひないらしかつた。行きかけてゐた右の方へその儘進んで行つた。ふいと、それは全く広いところへ出た。目の前にも、上にもといひたい位であるが、木立といふものは何もなく、大きな円い空と、大きな黄色い土のかたまりだけが眼前にあつた。空は真青（まつさを）といひたい位だけれどそれでゐて浅々とした青さで、あまり澄んでゐるために空の底が透いてみえて却つてやゝ鈍く浅くさへ見えるといつた感じであつた。山も、そこまで牛の背のやうな曠野があつてその果てに右と左に二つの大きな草山の隆起が盛り上つて空に這入りこんでゐるのであるが、まるで庭先の築山か何ぞの土のかたまりとしか感じられない位、そんなに他に比較すべきものもなく単純な道具立てで、あつけないと言へばあつけなく、あまりに人間的なものを超えてゐるといへば超えきつて凄味があるやうで又却つて穏やかな微笑さへ感じられるやうな風景であつた。山の西北面にあたるらしいこちらの斜面はそれでも雪で蔽はれて、その下にある熔岩の尖つた形をおのづからに示してゐて、厳としたものを示してゐる。この庭造りのやうな景色は併しその左斜面はそのまゝに目路はるかに何里か彼方で阿蘇渓谷へまで落ちて行つてゐて、その渓谷の一角を豊肥線の汽車も走つて居り、渓には阿蘇一郡の聚落の一聯が埋まつてゐる筈であつた。そしてその深い渓がも一度その周囲に向つて匍ひ上つて屏風を立てめぐらした形の周囲二十里の外輪山の一辺が望まれるのであつた。とにかく眼前の二峰が烏帽子岳と杵島岳とに違ひなかつた。太陽は漸く右の烏帽子岳の彼方にあつた。このむき出しの、唯々広く、明るい風景に、あまりにあつけなくて息を呑む思ひをした。この大きさ、この明るさは何だらう。そこには人が植樹しても植樹しても樹木などといふものを生ひ立つことを許さない茫然と呆(ほう)けたやうな、自然自ら放心したやうな山と空とが人界を瞰下(みお)ろして楽しんでゐた。

そこからどう道をとつていゝか分らなかつた。道を取らうとすると、庭先きのやうなこの風景が大へんに大きくて、一寸はかり得ないものとなつて見えるのであつた。唯細い路らしいものが雪のある草原の中に二峰の方へ向いてゐるのがあつたが、その山を見ると妙に峰の六七合目の高いあたりを防火線らしいのが紐のやうに巻いて峰の裏側へ廻つてゐるのが見えるきりで、しかもその山の彼方あたりにあるべき火口の煙らしいものも山の蔭になつてか少しも見えなかつた。山鳴りなど聞えるといふこともきいたが、そんなものも聞えなかつた。

併し躊躇せず山の方へ歩み出した。この明るい中で分らなくなるやうなことがある筈もなく、どちらかの一つにでも登つてみれば火口の方角を発見するのは訳はないのだと思つた。ぶつかつて行くといふ純粋な方法が体を自然に山の方へ近づけた。雪に靴がすべつて、時々体が宙にのめりかけた。兎の足跡があつた。四つの足が小ぢんまりと一所に集まりつゝ飛び〳〵に雪の上を通つてゐた。

大分歩いて、右の烏帽子岳が次第に迫り上りつゝ、己のそばで真右に当つて近寄つた頃振り返つてみた。誰一人の影もなかつた。ふとあの娘が恐らく自分と前後して宿を立つて違つた方向へ矢張り山を越さうとして歩いてゐる姿を想像した。あの健康で物思ひない青春に受けたこの大きな不幸をどうあの娘は受けとめるであらうか、そんなことを考へかけて己を促して前進した。恰も自身がそれを課せられてゐるのだと言つたやうなすさまじい気ほひで歩いた。道は二つの山の裾が相連つてゐるその山間（やまあひ）へ向いてゐた。そしてそこを通る細道を、二つの岩山の門柱が厳めしく守つてゐるやうな、圧してくるものを全身で感じた。ふと道らしいものが消えて忽然と水のない幅広い河床が道を遮つて現はれてきた。雨降れば一時に火山灰を混じて黒い奔流となつて押し流れ、雨止めばすぐ乾いてしまふものに違ひなかつた。それは集まつては遂に外輪山の一角を切割つて肥後平野を有明海へ向つて落ちて行く白川となるのであるが、白川の水は常に墨液に似る黒濁りで、年の大半は河床の一部を細々と絶え〳〵に砂礫の間を流れ、梅雨の時に忽ち大洪水を来して古来治水工事や水争ひの問題の絶えまない事実を生ぜしめてゐるのであつた。河岸に沿うて上つてみたが、岩に乗り上げてしまつて道らしいものはその先きにどうにも窮してしまつてゐた。橋のやうなものでもないかと上下（かみしも）を見渡したが、自らその莫迦げてゐるのがをかしくなつた。こんな時すぐそこらを駈け廻つてみて敏感に道をさぐり当てる兵隊の姿を思ひ出し、思ひきつて河床に下りてみた。そして熔岩礫を避（よ）け〳〵上流の方へ上つてみた。しかし河床は二つの山の間に迫れば迫るほど岸が高くなつて行く感じで、一寸立ち止まり、少し後戻りをして、足場を見届けて向ふ岸を攀ぢ上つた。雪の下に思ひがけなく平たい岩の面があつたので、握つた何かの匐ひ木の枝も堪らなく辷り落ちて危く河床にひつくり返るところであつた。二度目には注意深く緩りと小さな足場を丹念に利用してぢつと匐ひついて上つた。一丈程上るとそこに道らしいのがあつた。山の間を抜けると、そこに又荒涼たる起伏があり、左手の杵島岳の今迄隠れてゐた面に太陽の光をがつきと受けて匂ふほどに輝き、今度は反対に右手の烏帽子岳の裏手にははるかに逆光線に白く霞む阿蘇谷が、はては恐らく九州山脈の何やら森厳とした黒い影へと延びてゐた。谷の底にキラキラ眩しく群り光るものがあるので目を据ゑて見ると、それは大きな町か村の屋根の反射であつた。道はこれでよかつたかと躊躇される気がした。が杵島岳に連つて左手に一つ二つ現はれ出た丸い山塊の稜線を視線が辿つて正面の低い丘陵性の起伏した所へ来たあたりから、雲——にしては少し形の動きが変つたものが、東へ向けて吹き流れるのが見えた。しかし噴煙といふには余りに軟かな穏かな、一見雲と違ひのない形であつた。見てゐるとそれは続き〳〵絶えまなく湧く雲であつた。その雲とも煙ともつかぬものを目がけて歩いた。道は併し一層ひどく大小の渓谷のやうなものを上り下り、全くの岩の上を通つたりしてひどく戸惑ひさせつゝ、時々取り済ましたやうな立派な小径にもなつたりしてともかくも続いて行つた。咽喉の乾きを覚え、雪を手に掬つて口に入れた。すると歯の間にシヤリ〳〵とさはるものがあつた。気をつけてみるとそこらの真白い雪の上に目にとまらぬほどの細い灰が点々と交つてゐた。どうかすると灰は雪を蔽うてしまつてゐる所さへあつた。うすい汗をかいて或る急坂を上りきると、雪を払つて岩の上に腰を下ろさうとした。が、手は雪交りの火山灰でくろく汚れて擦つてもすぐ落ちさうになかつた。ハンカチも手を拭いた汚点を染みつけて黒くなつてしまつた。何といふ執拗さだらうと呟き、この荒けずりの無技巧のぼんやりした山に、而も生きものの粘りがある気味わるさに寒くなるやうな気がして、その儘足を進めた。

突然何か音ともつかず、空気の震動ともつかず、大地そのものの唸りともつかず、或る大きな響きのやうなものを空と地とから感じた。続いてそれははつきり途方もない大きな地洞から大地がほつと息を吐いたやうな音として耳にも聞きとれた。目を上げた。丘陵の果てを湧いて吹き流れて行く雲からそれは起つてゐるものであることが分つた。胸がかつとなつてくるものを感じ、急いで石ころの多い窪道をその方へ進んで行くと、両側の荒々しくとがつた枯草の中に交つてゐる低く地に匐つた河柳に似た木が物寂しく枯れ〲て群つてゐるその枝に、うす紅らんだ芽が角のやのやうに並んでついてゐるのが目にしみた。

丘陵帯を越えきると、左手に皿の底のやうに浅く凹んだ平つたい美しい草原がずつと拡がつてゐるのが見渡されてくると共に、正面に又も続く凸凹の起伏の彼方に、草原が伸びて迫(せ)り上つて来て、うち見たところ草もなく唯雪の点々とした灰黒色の、盛り上げたやうな傾斜面が、ざつくりと向ふへ落ち込んでゐるその中から、うす気味悪いほどゆつくりと何気なげに雲のやうな煙のかたまりが後から〲湧き上つては風に崩れて東手の山を蔽うて流れてゐるのであつた。それは一見ひどくゆつくりとのどかに却つて静止してゐるかと思はせる位に動きながら、見つめてみると一瞬にして動いてゐる速度と変化は何か激しいものがあつた。

十七

むすび。作者はこゝまで書いて、もう数年筆を止めてゐた。これから先きは書けなかつた。筆の拙さもある。しかし作者の目と直身（ちきしん）には最もあざやかにのこつてゐることが、むしろ今は書かせようとせぬ。あるひはなほ十年経ち、数十年の上も経て、昔ものがたりとして書ける日が来ようか。それは自らたづねて、答へぬところである。しかしその時には、もつとうるはしいなずらへごとか何かで、あらぬ神さびた筆でしるすといふ、本当の「ものがたり」のものともなるのではないか。たゞ作者の此の「いまは」に似た登攀の道に、ふと口にうかんできた「世のつねのけむりならぬとはのけむり」といふ片歌みたいな一句が、今もすゞかぜのやうに唇頭をかすめるのを覚つた。さて作者は今再びの御召しをうけ、漸くこの「むすび」を書く時を得た。すべての便りらしいものは絶つて行くあとにこれが、作者の消息を語るであらう。幸ひさる任務を与へられて貨車に投じ一人それこそ停車する駅では三十分以上づゝもいろ〳〵してゆく貨車の穴倉めく車掌室で、一日これをよみ返し、このむすびをしたゝめることができたのは、なかなかにたのしいことであつた。もう自ら書く文字も見えぬ。

森　鷗外

うるはしき　仙境のゆめ
夜あくれば　やがてぞ醒めし
縦隊は　はやつくられぬ
いざ進め　あたの都へ

（歌日記の中「韻石」）

諱は源ノ高湛、森鷗外は彼独特な意味に於て大きな輪廓をもつてゐる。彼の場合輪廓といふことが最もその意味にかなひ、又彼の輪廓に及ぶ大きなものはゐない。福沢諭吉をその意味で比肩せしめることができるが、三十年の相違がある。福沢は輪廓を外から〳〵作つて行つてゐる。彼の中にも和魂洋才或は士魂商才的な、不動の日本人の魂がこもつてゐるが、彼は維新開化期のために一応迷信打破といつたやうな方法で魂以外のものを皆剝ぎ替へて外に出て、新しい形を自分に着せかけることに生涯がかけられ、その新しい外から着せかけた形の中に新日本の命が着々と成熟して来て、その晩年に至つては、その着物を自ら一応身づくろひし直すといふところまで来てゐた。その晩年とは朝鮮事件、第一帝国議会召集、日清戦争等を経歴してゐたのであり、その頃福沢は、開化論の代りに例へば勝安房の江戸城明渡しの調停が日本古士道を頽廃せしめたものであるといふ「瘠我慢の説」のやうな日本の魂について論じ、又日清戦争に一切無言の共同と私金の一切献金の国民精神を強調したのである。未だ日本が実際には瘦せてゐながら根性には太い力が据つてゐて、この先覚者の中には夙く東亜は一なり、日本はその先導者なり、而して英国と世界文明の優を争うて自信ありとの、世界に向つての押へ難い覚悟さへ、はつきりあらはれてきてゐた。(「外交論」その他)

三十年後世の鷗外の場合は、それだけ、開化といふよりも明治時代の文明そのものの請し子であつた。「吾家は累世津和野侯に仕へし医なり。慶安間に卒せし森玄篤より天保二年に卒せし森秀菴まで十一世皆典医なりき。祖父玄仙後に白仙と改む。(中略)家君名は静男、母君と共に猶すこやかなり。明治二年西周氏津和野に来たりて、東京に出でよ、世話せんと云はる。是より先慶応三年より藩の学校養老館に入りて漢学を受け、旁和蘭(オランダ)語を修めしが、明治五年館を出でて家君と倶に東京に遷り、西氏の家に寄居し、進文学舎と云ふ私学校に通ひて、独逸語を修む。明治六年大学医学校に入りて明治十四年卒業す。」（徳富蘇峰氏に答ふる書）この略歴の語るところと、福沢がその「自伝」中につぶさにその家系と父母と、刻苦戦闘的な学究修業ぶりとを語るところとを読者が対比せられるならば、鷗外が既に充ちたるものを享け宿した世代、少くとも秩序を庶幾(しょき)する潤達な世代の人として生を享けてゐることを、明瞭に察することができるであらう。鷗外の場合にはもはや日本が自ら成熟し身づくろひする緒についてゐるといふ感じが明瞭である。

しかし諭吉から鷗外をいふ前に、我々は、諭吉の大声に唱へた開化主義の影に小さな生命を衛りきれずに夭折した樋口一葉を是非言はなければならない。鷗外に宿つたいいい文学の種は一葉にある。

鷗外は大学を卒業して「衛生学を専修せんとおもひ起し」、その後陸軍に入り独逸に留学し又その帰国後も彼は「衛生学」に関心を続けてゐる。ややくどくなるがこれも福沢が大阪蘭医緒方塾に学びつつ全く衛生など無視した一種の原始的戦闘的な起居をして、生を養ふことなどして居れなかつたのに比して、鷗外が衛生に心傾けて「日本兵食論」や「日本住家の人種学的衛生学的研究」を書いた思想的な意味こそは正に鷗外に於ける明治の文明の成熟のしるしであつたといつていい。鷗外はこれらの衛生学論に於て、欧州の学者とも日本の学者とも論争したが、その彼の意見は、従来の日本食を可とする、といふものであり、且つそれに根拠を与へようとしたものに外ならない。そして「隊務日記」によれば、彼はこのやうな欲求をもつて独逸の学者官員を訪ねたが、彼が来意を告ぐれば「皆快く余を迎へ、何事にもあれ教へもし伝へもせんと約し」たといはれてゐる。而も彼は、「故里」にて学びたる欧語を操つて、自在に如上の知識の獲得を果してゐるのである。即ち鷗外に於ては福沢がその晩年に於て養はうとした内なるもの、形づくらうとした内からの成熟の輪廓を、福沢の世代に代つて、始めてゐるのである。福沢の場合、自ら外に脱して外から輪廓を与へようとした開化期日本の努力が、鷗外に於ては、既に日本自らに成熟の因子は深く埋蔵せられてゐて、その因子が内から目ざめ、己をさまし、己を養ひ衛らうとして、逞しい成長を開始し、やや無遠慮なまで自己を健康に養ひ立てようとした。喜ぶべきことには、この大才によつてその慾求は着々と果されて行つたのである。そこに開化思想の一段落と転廻があつた。分り易くいへば、開化維新が将来に予期した自主的な文明の計画が此の人物に顕現してきたのである。彼が欧州の文物の移入翻訳紹介者として非常に著しい存在であり、啓蒙家であつたことは、決して福沢流にも、又受動的非自主的なものと単純に解してはならない。それは彼が日本の衛生術として、旺盛にして「完全な健康」の保有のために、一つの欠くる所ないやうに神経をつかつて活動したことの印象にすぎない。彼がなまな外国知識を振り廻す者に対しては我慢がならなかつたのはそのためである。彼が当時の学者論客を相手に論戦して些かの論拠の粗笨をも許すまいとして「しがらみ」を自任したのはこのためである。しかしそのために人は彼が西欧理論を以て身を固めその広大な知識を以て衒学的に寄切らうとするといふ印象をうけてゐる。そして人は殆ど鷗外の持たうとした大きな計画には目眩んで之を解しようとしない。

彼が日本人の従来の食物に根拠を与へようとしたやうに、彼の終始果さうとしたところは、日本人の根性を養ふことにあつた。このことはたとへば、後年文部省の仮名遣改定案に関してその調査委員に列した際、国文学者の如きすら便宜的な新仮名遣に賛成せるに対して、之をはげしくたしなめ、日本には立派な歴史的仮名遣があるから之に拠るべきだと主張して下らなかつたところにも現れてゐる。これは唯彼の旧士族気質的な保守主義ではなく、彼の気質を通じて日本の新しい生命がその根底から息吹かうとする意味の保守の血脈にほかならないのである。要するに単に彼は開化期の福沢的な啓蒙的進歩主義者でもなく又単にそれ以前の保守主義者でもなく、又唯大才を進歩と保守とに便宜的に使ひ分けたといふ如きものではない。日本が世界を己の運命の上に形作らうとして、世界を日本自身の輪廓としようとしたところを鷗外が己に必至に課したのである。

鷗外の初期の浪漫主義的な創作翻訳物と、ヰタ・セクスアリスを中間に置いて、後の考証的歴史物に至る大体の経路は、もしこれを普通に考へるならば、西欧の模倣から日本的へとか、現代から過去へとか、浪漫主義から写実主義へ行つたとかと評せられるであらう。初期の「舞姫」などは、人情本的なもの（鷗外がその青年期に接した文学といふものは実に僅かに馬琴京伝春水の類であつた）を西欧の舞台であたためてみたやうなものであるが、人はあのやうな情調的な作品を浪漫的と呼ぶを普通とする。若しそのやうな常識に従ふならば鷗外の文学は浪漫主義を次第に脱却して行つたといふことになり、或は文学といふものさへ脱却して実質的な考証学的な史伝に赴いたといふことにもならう。然るにわれわれが今日鷗外を以て小説家であるよりも詩人と呼び、写実一方へ赴いた現代文学の歩みに対して却つて鷗外を浪漫的となすのは、全く右のやうな常識と別のことである。即ち鷗外自ら樋口一葉を詩人として推し、鷗外は又荷風により、荷風は佐藤春夫により、正統詩人の系譜に記されてゐるといふところあたりから私達は鷗外を見直すのであるが、それにしても鷗外を日本の詩人として認めるのは、普通文学評論や概論的学者の論定によつては出来難いところであらう。又弟子といふべき弟子を養はず、又たとひ自ら巨像とはいへ孤独に終つたこの文人が、はるかに今日に於て詩人の胸に懐しく尊く甦つてくるのは、もはや普通の推論の一歩も入ることのできないところに於けることである。そしてそれは却つて板につかない西欧の文学論などによつて滔々の弁論をなす者たちにはもはや目をくれず、押し鎮められてゐた日本人の血からの熱さに渇き、国の生命の沸々たる涌き立ちに覚醒した者によつてのみ見出されたものである。この第一人者的に西欧文学を鎧つた人のその鎧の下の血を、遅疑なく一気に信じ得る人に、否も応もなくこの巨像が浪漫詩人として仰がれたのである。

その後の世代は遂に唯日本の飛躍のその形だけに乗り、根無し草となつて西欧に媚びついてしまつたが、彼等には、却つて鷗外はその拝外的流儀の先蹤として我田引水され、知性的西欧的構成家とされ、或は豊富な知識のや、旧弊な収蔵者として、或は文学博士、医学博士、軍医総監、美術院長、文学者にして俗吏、或は又小説家、戯曲家、評論家、詩人、歌人、学者等を一人に兼具した厖大な大才として、却つて純粋不抜な魂の所有者としてでなく大常識者として迎へられたりするといふことができる。そのやうな迂愚の知識人どもがもし浪漫的な文人として鷗外を考へるならば、恐らく初期の二三作を以てのみ見ようとするほかないであらうし、又彼等の写実の本道とする所は、寧ろ鷗外の考証的文章よりも自然主義の流れをとるであらうし、さらにもし日本的風韻といふものをいへば寧ろ鷗外よりも夏目漱石をとるを便とするであらう。又所謂歴史物に至つてはこれを史伝の類に入れ、かくて遂にこの文人を三分四散して、正体なく飛消せしめてしまふであらう。而も彼等が分散飛消せしめたそのあとに、鷗外の厳たる正体が佇んでゐる――。

たとへば、ヰタ・セクスアリスの冒頭に、作者は漱石が書き出した小説に非常な興味を感じ技癢を感じたといひつゝ遂に漱石の様な所謂東洋的乃至日本的などいふ謂はば要素とか本質風にとり出された非人情や則天去私のやうなものを書くことを躊躇し、それかとて又自然主義を「非常に面白がり」つゝ而も自然主義の主張する一種の心理主義的な人生観などを信用せず、そして而もこの二者の外に出て鷗外自身、自分が「どう萌芽してどう発展したか」考へて書いてみようとして筆をとつたのが、ヰタ・セクスアリスであつたといふ。彼はもつと「非常に高い要求」を芸術に対してもつてゐるとも言つてゐる。その非常に高い芸術的要求とは、前二者に対して唯異を立てるものでなく、それかとて前二者と甚しく懸隔するものでもないが、たしかに厳密に異るものである。それは実に自然主義や漱石の東洋主義が概念的にとり立てたところのものと全く異つて、ぢかに血と魂とに於けるところのものである。そのやうな血の感覚、血からなるものを鷗外は描かうとする意欲を「青年」の中で書いて居り（拙著「鷗外の方法」参照）、又次第に歴史物にそれを試みて行つた。しかし読者は直ちに歴史物の回顧的材料をのみ血の意欲と結びつけて考へたがつてはならない。それは往々現代の議論の中にもその程度の安易さを以て片附けられつつある。鷗外が感じとつた血と魂との感覚は、単に抽象的に「血」を取扱つてゐる如きものでなくて、日本人の成熟といふことを約束された生きた血の感覚であつた。その成熟は唯自己を養ふといふごときに留るものでなく、世界をわが血から描かうとする高大な日本の血の故に、一面には血そのもの、情熱と決心を書きながら、一面には、その情熱を、その「アルプス」の如き高さを己の中に量つてゐるのである。それは漱石に於けるやうに己に誇つて薄笑ひしてゐるやうなものでなく、却つて彼に於ては、その血に世界大の成熟をきびしく課して挑んでみて、それを計ることを試みたといふ、内への戦ひの痛ましさが彼の内部にあつた。そのために彼は日本の伝統的な抒情性に対して寧ろ冷徹な散文的なものをきびしく与へるが如く見えた。しかしその散文は自然主義や言文一致口語的な程度の「実」以上に徹し迫つたものであり、それは却つて暫く抒情性を「敵」とさへ見据ゑなければならなかつた。（同上）而もこの敵視的視線を受けて眠れる魂と血とが挑み上つてくるのを彼は静かに待ち構へた。この世界的輪廓を築いて己の血と魂とのひらき出づるのを待つ待ち構へ自身、それは日本人鷗外の血と魂の愛情にほかならないものである。そしてその愛情を自ら信じてゐる故に、鷗外は厳として下らず孤独をも保ちつゞけた。彼は右のやうな期待を寧ろ易々とは信じえなかつた。彼は忠実な弟子を養ふよりも寧ろ静かな眼ざしでその肉身の子どもの内を見てゐた。又血と魂とを招く祈りと激励とを孤独に続けることを、己自身の責任とした。

それはつぶさに明治の興隆時代を閲歴した詩人のしわざであつた。その余りに厳しい祈りに冷え、自ら厳となつたやうな明治の巨人から招かれて、真に見事に世界へひらく日の日本詩人の時代とは正に現代でなければならない。そして今日の詩人にこそ輪廓などはもはや要なく、すなほに、まつすぐに赫奕(かくやく)たる宏謨(くわうぼ)とならなければならない。しかしそれは歴史と血からとを失つた文学者達を越えてのことである。

養生の文学

文芸時評といふものは所詮噂話であらう。噂話の中ではたとひ剣をふくんでゐても、それが隠しだてもなく、すつかり見透しであるところになつかしいものがある。どんな腹黒い噂話も正直だと言へる。標準語で立て並べた公開批評は公正を振りかざさざるはないが信用といふことのできない裏がある。何だか冷たくなつてしまつた標準語的な言葉を温めてやり、当今非常に活潑で積極的なくせに疲れてゐる言葉をやさしくいたはつてやりたい思ひもあるのである。

一体にさういふ傾向は此頃いちじるしいやうに思ふ。林房雄氏の「転向について」なども私には氏自らの噂話としてのいたはりとしか見えない。あのことはこの時代の一つのゴシツプであつてい丶。そしてそれが大切なことなのだ。もう何も書かないとまで氏は言つてゐた。尤もその後尚ほ書きもし談りもしてゐるが、それはどうでもい丶ことである。しかしほんとに自愛してもらひたいと思ふ。過労を重ねすぎないやうにしてもらひたい。現に主として転向者的な過去をもつ人々が此頃、自分達は国民でなかつたとか、自分は本物であらうかとかと反省をしてゐるのは、私にはもうつまらなく見える。既に明るみへ出てゐるのに尚ほ行き過ぎて暗きに入り込んでゐるやうにしか見えない。更に確かに言へば、何人一人たりとも日本人が皇民でなかつた日はないのである。これが日本の国柄である。万葉集に、みたみわれ生けるしるしありとは、この国柄に目覚めた歓喜であつて、今は国が栄えてゐるから生ける甲斐ありと諷誦したりしたそんな低いものでないひびきがこもつてゐる。このやうに国柄に目覚めていのち振るひ起る文学を国振（くにぶり）といふのである。これは支那の詩経の所謂「国風」といふのとは異るものがある。詩経の「国風」といふ意味は、国の為政の良否に従ひ之を反映せるだけのものであつて、一時一地方の風を言ふのであつて、歴史と国柄とに信をおく自覚や歓喜（それは決心の美しさを含む）――「振り」とは大いに隔るのである。鼓腹撃壌といふだけの太平は絶えずその裏におびえを持つて居り、又媚びをもつてゐる。そこには決心といふものはない。敷島の日本（やまと）の国に於ては国の悲運の時節にも感動して万葉万歳を誦するのである。転向も転向者がしたことでなく、又教誨師がしたことでもない。さて橋本左内が十五歳の時書いた啓発録は実に彼の不屈の雄志を自ら述べたものであるが、その中に、天下国家への志に目覚めた者は必ず我身を愛重すべきことを言つてゐる。何でもない平凡のことのやうで心熱い言葉である。国士の愛重すべき時である。それが発奮である。

私は明治以来の日本人の歩みを見る上に、衛生といふことに関して述べたことがある。それは開化期の人々の暴挙的な衛生無視の態度（福沢諭吉の自伝等に代表的に誠に歴々としてゐる、而も彼等は医学生として）、次に森鷗外を以て代表していい衛生を大切にした時代、次に衛生を超越した美的趣味にまで成熟した永井荷風（例へば「妾宅」）の時代といふものを以て明治三十年代迄の新日本文化の進み方を簡約することも出来ると思つてゐる。荷風は意気揚々と世界の詩界に遊ぶ気概を以て外遊したのに、帰朝するや国の意気といふものを失つて植民地的になつた国情に憤激してあのやうな進路を自ら独り喜んで択んだ。そして国の意気としての文化をその粋としてその中に蓄へてゐた与謝野寛の新詩社が不慮の如くに仆れて、唯彼等の粋を断末魔の夢想として描いたやうな晶子の花やいだおもかげを最後の記念として已んだ時、それと交替に変に精力的なアララギが起り自然主義が風靡した。それ以来日本人は生を無理使ひしはじめてゐる。それは真の生の意気といふものではない。生を苛酷に扱ひ（それだけ実は増長して生を扱つてゐる）やたらに生をあばきさぐりたがり、アララギなど「実相観入」的に、一見精神主義に見えて、生の持ち扱ひ方からいへば、やさしさを忘れ、唯意固地で、あの通り冷たく凝つた（あんなのは文芸の本心ではない）ものになつてしまつてゐる。子規の、もとより家庭を結ぶでもなく（その点与謝野寛と全く対蹠的）あの不健康を以て（而も無類に精力的健啖的）勢ひとしたものの中には、その人を過ぎた後には寧ろアララギやホトトギスのあの増長した病的健全主義を将来するものがあつた。それはその全身を養つて香芬あらしめるのでなく体軀のみ重厚で、痴呆に見える栄養主義ともいふべきものである。事実合理化的栄養学はその間に進歩した。自然主義は解剖学的にその表裏をなすものである。この栄養学は人間を野蕃人にも文明人にもなれないものとする一種妙な奇術である。これによつて人間は妙に文明的に老成しつつ疲れて、生のつやがなくなつて荒れはててしまつた。これが実に今日の「文化」といはれてゐるものの姿である。ところで今の人は如何に又何処で生を自ら取扱つてゐるか、或は扱つてゐないか、といふことをすこし回顧してみるのもこれからの方針を樹てるのに無駄ではあるまい。

最近、創元選書の中でも最も売行のいい本とかいはれてゐる三木清氏の「人生論ノート」を開けてみると、巻頭「死について」といふ文章の冒頭に、「近頃私は死といふものをそんなに恐ろしく思はなくなつた、年齢のせゐであらう。以前はあんなに死の恐怖について考へ、また書いた私ではあるが。思ひがけなく来る通信に黒枠のものが次第に多くなる年齢に自分も達したのである。この数年の間に私は一度ならず近親の死に会つた。そして私はどんなに苦しんでゐる病人にも死の瞬間には平和が来ることを目撃した。」といふやうなことが述べてある。これは明かに当代の老成文化人のいのちに対する内省を代表するものであるが、私はこれを読み相変らずの三木氏の術を嗅ぎとつて厭な気がした。これは如何に生を扱つてゐるかどうかよりも、生を扱はないものと見ることができよう。而もこれは実に生を叮嚀に取扱つてゐるかに装つてゐる。その装ひは十分意識的知識的であつて、狡猾なほどに熟練してゐる。しかし私には今日このやうな死の語り方は今日現実の日本人の生をからかつてゐるか、或は文明人的感度の枯死したものといふ感じがする。なるほど所謂哲学的な言ひ方を以てすれば、死は銘々のことである故敢て三木氏が国の情熱から離れて心境風に一人このことを語ることも憚ることも要らないだらうし、又死は過現未と万人とに亘る事実故、人生論風に語ることも出来るであらう。而もそのやうな根拠をのみ根拠として今日死を語ることは、氏自らも目を蔽ふことのできない厳粛な現実から座をずらし、而もそこから現実をくすぐつてゐるのである。氏はそこで今日周囲が感動してゐる生を一筆もそこで書かず、或る種の平常的或は恒常的なものとしてといふ風の思はせぶりを以て死を述べてゐる。このやうにして、よしや死を怖しくなくなつたなどといつて、健康でもあるらしい三木氏が長命するとしても宜なりといふほかない。われわれは国の死といふ点でのみいのちの怖れを今覚えるのである。三木氏にあるのは旧態依然の表現慾、即ち巧妙に理窟を述べる、といふ極く平凡な事実だけである。そしてその理窟とその根性とが実にぴつたりと所謂知識人をとりこにするのである。これは三木氏などの習慣である。さういふ場合では死は恐しい筈がない。即ち生を取扱つてさへゐないからである。又年齢ばかりのせゐではない、「文化」に悪ずれしてゐるだけであるといつた方が早い。これは実に現代栄養学的な例である。これは人生に対して一種のアンダーラインを引いてゐるものと譬へてもいゝ。書物にアンダーラインを引くといふことは今日の日本文化の象徴である。ノートといふやうなものと、偶々その謂ひに類する。それは実は自分の表現を大事にするよりも、遂に疎かにするものであり、それ故或程度豊かになり得てその後は寧ろ自分のいのちは老成して而も生のいきの萎むる結果を導くものである。こゝまで書いてふと思ひ出したが、「文学界」の九月号であつたか、評論特輯号といふのがあつたが、私はどれを読みかゝつても右のやうな一種の倦怠を嗅ぐやうな気がしたので試みに各論文の冒頭を見渡してみると、殆ど全部が、一致して西洋人の言葉を前置きにして、何か試験答案でも書くやうにして書いてゐることに気づいたのである。何かぞつとするものがあつた。而も若し一つ〳〵だけを一見すると頭髪にリボンを飾つた娘のやうに見えもしたのである。唯面白く読んだのは藤沢桓夫氏の「大阪言葉」と、同じく大阪にゐる中島氏の文章だけであつた。東京在住者といふものは今表現などさう〳〵はもたない筈である――。

噂話は飛ぶを常とするが、「文学界」の人々は、一頃「世代」といふことをよく口にした人々であつたかと思ふ。私はあの「世代」といふ考へや言葉はその種がどこにあるにせよ、ちぐはぐになつてきてゐる現代文化の中に於て、恰も明治の末期の悪い星の下に生れ育つて来た年輩者達の悪感めいたおびえであつたやうに思ふ。といふのはこの悪感はその人々でなければ誰でもは感じ得なかつたといふ意味である。それより一寸前の先輩は震災のどさくさから不思議な奇術めいたものをひつさげて文壇に出てきた、一歩巧者なところがあつて、さんざ文学を壊したり造つたりした。「紋章」とか「雪国」の類である。その人々の一寸後になる所謂「世代」の自覚者達は不図悪感のやうに生を肌の下に感じた。然るにその多くはアスピリンか何かを飲んで、身振りだけで終つて後は変に能弁家や毒舌家に復して、どうともならないといふ山が見え出してきたやうである。

しかし等しくこの世代の人々の中にあつてこの悪感を覚えて、解熱剤をでなく、身振の恥しさを知つて、ほんとに毒を飲んだもの丶生のいたはり方は、やはり今日以後の日本文化を見る上に細心な注意を以て見守ることを要すると私は思つてゐる。失礼かもしれないけれどもこ丶に私は太宰治氏を引合ひに出したい。しかし妙な言ひ方だが太宰氏の作品については氏の生きてゐる間には批評を挟まないがい丶と思つてゐる。

この文章もどうぞ氏の目に触れなくてありたいと思ふが、「文芸」十一月号の「秋」の中の文句をつい借りてみたくなつてきたのである。

「どうも私は立派さうな事を言ふのがてれくさくていけません。」このやうな口吻は氏の作品中にふんだんに出てくるものである。否、氏はこれ以上も以下も他のことは今迄書いてゐないといつてもよからう。始終てれて、まぶしがつてゐると私は言ひ直してみよう。近刊の「新ハムレット」なども、てれた人間の寄合物語といつてい〻かと思ふ。しかし氏は「立派さうな事」などと極く子供つぽいほどの率直さでいふ。既に手に取れさうなところに氏は「立派」なことを見てゐるのである。それを見て蔽ひ隠すことも隠れることもできないでゐる。それ故その「立派」さに照れてゐるのである。童話的に初ひ〳〵しい氏の身上がそこにある。実際、「立派」なこと〻いふものは、さう普通にしやあ〳〵と言へないものである、――といふ時だけ言へるやうなものである。てれくさがつたり羞しがつたり、憤つたり笑つたり泣いたり、或は突拍子にでなければなか〳〵言へないものである。或はつんと済まし顔で。氏はあまたの、所謂小説にならない小説を書き続けながらいつも真直に光に顔を向けてきてゐる。「芸術家といふものは、つくづく困つた種族である。鳥籠一つを、必死にか〻へて、うろ〳〵してゐる。その鳥籠を取り上げられたら、彼は舌を噛んで死ぬだらう。なるべくなら、取り上げないで、ほしいのである。」と「東京八景」の中の「一灯」の言葉ほど私を感傷的にした言葉はこの頃少い。決して大人びた強声（こは）などしない中に、ひそかに熱く自分をいたはつてゐる所がある。さて右の「秋」の中では前掲の言葉を裏返したやうな手紙がついてゐるその中に、「自分は君に、作家は仕事をしなければならぬ、と再三忠告した筈でありました。それは決して一篇の傑作を書けといふ意味ではなかつたのです。それさへ一つ書いたら死んでもいゝ、なんて、そんな傑作は、あるもんぢやない。作家は歩くやうに仕事をしてゐなければならぬといふ事を私は言つたつもりです。生活と同じ速度で、呼吸と同じ調子で、絶えず歩いてゐなければならぬ。（中略）五十年、六十年、死ぬるまで歩いてゐなければならぬ。」

このいたはりは心を熱くする。これだけ引いただけでは読者は何のことか分りにくいかもしれないが、三木氏が、死をそして生を如何にも大事さうに取扱つてゐるかに見えて、実は唯生に手馴れたとんでもない自分の工房を読者に提示してゐるだけに反して、太宰氏の場合は一見寧ろ放漫に見え、うぶにてれくさがつた弁解を繰返してゐるだけに見えるが実は真に文学者らしい十分に生のいたはりに充ちた、その点で感動を（好ましい幼さで）蔵してゐるのである。

私はも一つ、三木氏風とも違ひ、太宰氏風とも異つて謂はゞそのあひだにあるかに見える例として横光利一氏に関して記したい。先般の芥川賞の推薦で「長江デルタ」を、この時代にはこのやうなものこそと強調したのは横光氏であつた。佐藤春夫氏からそれは君の見方だよとたしなめられてゐたが、横光氏にその意味が分つたかどうか。嘗て横光氏が巴里からの通信に、こゝから見ると日本的作家は久米正雄だとあつた時、佐藤氏は横光のやうに歴史のない作家が日本的などといふのはをかしいと、どこかで批評してゐたことを記憶するが、その言葉をそのまゝ借りていへば、歴史のない人が「この時代」と言ふ時代とは、如何なものであらうか。氏は「みそぎ」に参加して日本精神を悟つたらしい。それはいゝことをしたものである。しかし氏は歴史を面倒として一挙に神世の心を試してみようとしただけのことである。聞くところによれば、最近は水戸黄門といふのを仏教大辞典を引いて尾籠な解を得たとかと吹聴して話題を提供してゐるが、氏が然るべき歴史辞典か何かを用ひず仏教辞典などを引くのは氏の奇術的常套手段で珍しいことではないが、氏の、いのちに対する道知るべである。しかし既に旧い手である。決して文学者といふやうなやさしくいのちを愛惜する人のすることではない。文学者といふものはたとひ如何様にも、そのいのちを花のやうに開くべきものであるからよしや文学界に於ける花はもとより一様ではないとしても、しかし花とひらいたものについて見ればなべて花の見事さをもつて花の節度と匂はしさを持つてゐなければならない。世の「文化」といはれるものも人の心をくまぐ〵から匂はしてくるものでなければならない。然るに当今はひらいた花を数(よ)んでめでたがるよりも、徒らにその種類だけを文学芸術として問ひ求めてゐるやうに思はれる。何だか文学者故、殊に浅ましくてならない。

一体「文学」とか「芸術」とかは、いのちをはやすべきものであるのに、現代ほど文学の分野に関して意識が明瞭でもあり世に盛んなことは日本史上未曾有であるのに、それによつて日本人のいのちが振るひ起つたかといふと、少くとも明治末期以来はもう日本人は若いまゝに老成するほか何うもなつてゐない。そして唯何々主義とか何々派の多きを数へるほかに現代文学史は無きに近い。

然るに現代文学者が軽視するをことゝしてゐた日本の古文学の道——敷島の道と謂ひ敷島の大和の国ぶりと謂ふ如きものが、世々の人心を振るひ起してきた跡については、我々文学者らしくもつとやさしく思ひを致すべきことが余りに多いのである。少くともその事一つについても文学者といふものは本能的に思ふところがなければならない筈である。

昨今国民文学といはれたものは、相変らずその花を言はず種類のみ指したので当然もうその根拠とするところは腐化してゐたのである。それは、恰も国語の問題に於ける「標準語」のやうな、又最近国語の海外進出に絡んで臆病に問題化した「国語」の考へ方のやうな、国のいのちをひらくといふどころか、姑息なもので、我々が考へ慣らつて来た「文学」とか「芸術」とか「文化」とかといふものが全く転回しなければならないといふ或る感覚が、遂に「国民文学」論の背を空しく滑つて行つてしまつた感がある。

我々は文学の本心に帰らなければならない。そのことについてはもう詳しく述べる余白がないが、(多少は他に述べたものがあり、今後も続けて書くつもりである) 我々の先人の事実を省みて、「文学」を唯「文学」とか「芸術」とか言ふのでなくて、実に「国ぶり」として、「敷島の道」として想ひ直して来なければならない。それは前述のやうに支那の「国風」といふ地方主義的なものでなく、実に具体的に言つて、「都ぶり」としてであつた。「都」とは所謂都市のことではない。そのことを説明するために少くとも神武天皇の「就(ゆ)きて都つくらざらめや」(日本書紀) といふあたりから述べて来て、徳川時代に於てさへ「上方(かみがた)」を意識してやまなかつた民衆の心、さては、芭蕉があのやうに俗語をしり駆使しつゝ、「俳諧の益は俗語を正すなり」と言ひ、この事は人のしらぬ所也、大切の所なりと言つた (くろさうし) その「正す」とは、実に後鳥羽上皇の「御ことばを力とし其細き一筋をたどりうしなふ事なかれ」(許六離詞) と王朝の「みやび」に思ひつないだそのことに至るまで世々の文学の本心を尋ねなければならない。敷島の道たる和歌も決して単なる文学などでない。和歌はまことに敷島の大和の国ぶりであり公のものであつたのである。殊更国民文学と言はなければならなかつた事情、更に潔癖に臣民文学と言ふ衷情は分るとしても、もと〱文学は日本に於ては国振（くにぶり）であり、そして「みやび」であつた。説明を簡にしてこのやうなことを言へば突飛の感があらうし、「都」といへば、東京があるではないかと不審の面持をされるだけでは理解も至難であらう。又私の言ふのはその東京を都（宮処（みやこ））らしくしなければならない（今の東京は世界の田舎の荒涼蕪雑さだ）ことである故それは到底文学者の範囲でないと言はれるかもしれないが、文学者のみの手に余るから関係がないとは言はれない。寧ろ文学者こそ誰にも増して切にそれを想ひ企てねばならないのである。国語なども標準語などいふ姑息なものでなく都の言葉といふものを人は考へなければならない。そこからは日本の文化も言葉も文学もにほひ出るのである。

明治天皇御集を拝すると御晩年の御製の最後に「をりにふれて」といふ中に

敷島のやまと心をみがけ人いま世の中に事はなくとも
開くべき道はひらきてかみつ代の国のすがたを忘れざらなむ
しる人の世にあるほどに定めてむふるきにならふ宮のおきてを
敷島のやまと心をうるはしくうたひあぐべきことのはもがな

等の御製がある。このやうな時評中に拝掲するも畏れ多く、その頃以来の文学者の道を回顧して恐懼に堪へない。

いかならむことある時もうつせみの人の心よゆたかならなむ

といふ御製もありがたい。この年の春の御製にもありがたい御みやこぶりが多い。私はこの頃「みやこぶり」を日本人の養生法として想ひつゝこれらの御製を拝誦してゐる。けだし「養生」を古語には「すき」とも言つた、そのことも既に書いたこともある。

雲の意匠

戦地にゐたころ、送られてきた或る雑誌にのつてゐたアランの論文の中に、アルキメデスが、掠奪の兵士のために殺されようとするその時、砂の上に幾何学図形を引き、それを見つめたまゝ殺されたといふ話を引いてあるのをみて、慄然としたことがある。何たる最期であらう。いふまでもなくその時の幾何図形そのものは、その人のいのちの極まるところに図引きしてゐるのである。私は、それをよんでふと、私自身が戦地へ出で立つとき書いてきた、とある文章の中に、もし私が死に立つて眼くらまうとする時、私は空中に雲のきれを見るか、と書いたことを思ひ出し、その後も、いのちはそんな雲と想ひ描かれてひとり愉しかつたので、かたぐ\、右のギリシヤの学者の最期を読んで、実に愕きにたへなかつたのであつた。

私は嘗てこんな最期のとげ方を読んだこともきいたこともなかつた。この全生命をこの抽象的数学図形にこめて表象してゐる姿といふものは、唯私にのみならず日本人には奇異であり、しかも尚ほその人の文化の宿命を表象してゐると思はれた。

しかし私の自分自身に想ひゑがいてゐた雲も決して単なる自然的な物ではなかつたやうである。私もその時何か非常に切ないこゝろをこめて、「雲」と指してゐたらしいことを自ら感じた。そして死の際に於て、雲を見てゐるといふのはたしかに古代から日本人のしてゐることだといふ、漠然たる思ひのつながりをもつてゐたことに気づいたのである。私は直ぐその一つを思ひ出すことが出来た。古事記にある、倭建命の

あの能煩野に御臨終の際の

愛しけやし　吾家の方よ　雲居立ち来も

の御歌である。この倭建命の御最期の、生命の極まりきつたやうな御歌の一つは、はじめて古事記をよんで以来私の中にあつたものであるが、寧ろあまりに自然で私が殊更思ひ出しもせずにゐたものであつた。

また同じ出立前に書いた「青春の詩宗」といふ短い文章に書いた大津皇子の御歌に「百伝ふ磐余の池に鳴く鴨を今日のみ見てや雲隠りなむ」とあつた「雲隠」が、すべて後にも死ぬことをさしてゐるのを思ひ出したりした。雲に最期を托した和歌や句も珍しくない気がした。しかし思へば、雲といふものは、幾何学図形などとは全反対に、混沌として定まりやうもない、或は形式といふものにならない、否、心定めさせぬものであり、とりとめないものであることに気づいたのである。それに比べると幾何学

図形は数学的法則的に抽象し整理されたものである。この同じ地上に住み、同じ生命の極まりの厳粛な瞬間に於て、かうも違ふものを見てゐるといふことが不思議でもあり、興味も催されたのである。

しかし、この臨終の生命の極まりに於て凝視してゐるものは、決して唯死をのみそれに関繋させてゐるのでなく、寧ろ生きんとする全心意がそこにこもつてゐる、最も純粋な形象ともいへると私は思つた。雲――この形定まらず、あくまで定形や定律を否定しつゞける雲も、唯形成以前のつかみどころのない茫漠でなく、生命の根元の非常に美しいものをあらはしてゐると私には信じられてならなかつた。

すると同じ古事記の神世七代の神の中に「豊雲野神」といふ神があられることが思ひ出されてきた。その聯想から又すぐ、かの須佐之男命が八股大蛇を退治したまうてのち、櫛名田比売と共に宮造るべき地を出雲国に求ぎたまうて、須賀の地に到りました時、「吾こゝに来まして、我が御心すが〱し」と詔りたまひ、其地に宮を造りたまうたとき、其地から雲が立ち騰つたので、御歌よみしたまうた、有名な

八雲立つ　出雲八重垣　夫妻隠みに　八重垣つくる　その八重垣を

の御歌を思ひ出した。大蛇の尾から霊剣があらはれた時、叢雲がそこに立つたといふ註も日本書紀にのこつてゐる。又天孫降臨の時の「天の石位を離ち天の八重棚雲を押し分けていつの道別き〱て」は、日本書紀にも祝詞にも、この時の様として無くて

ならぬものに伝へられてゐる。ところで右の須佐之男命の「八雲立つ」の歌は、その御夫妻神の新しい御生活の初まりを垣のやうに取り囲んで、それだけで、生命を育くまうとするけはひが豊かにあらはれてゐると思はれた。豊雲野神の「雲」は、たしかに日本書紀には、別々様々に書き伝へられてゐるが、豊斟渟尊とあり、一書に豊国主尊、豊組野尊、豊香節野尊、或は豊買尊、豊嚙野尊、葉木国野尊、とあり、この神については、嘗て私は所謂上代特殊仮名遣に於て、名詞の場合には甲類仮名で、動詞の語根の場合には乙類仮名となる例として「コ」の仮名について調べた時、「隠」といふのは「籠」に通じて「こもる」ことであり、これは「籠」にも通ずるが、さういふ籠り（身ごもり、まゆごもりなどともいふ）から「子」「児」が生れることをもあらはし、「くみ」「くみど」「くみがき」「いくみ」（斟、隠、籠、組み、混み等に当る）にも及び、「つぬぐむ」「芽ぐむ」「はぐくむ」や、「含む」「溟涬」や、等々の語と相通ふところがあり、「凝」とか「養」「飼」或は今も「巣をくふ」とも言ふこと等にも関聯するなどのことを、語と意との方から考へたことがある。（国文学攷第二輯所載）豊雲野神の雲が、書紀に於て種々の文字に記載されてゐるところも、決してたゞの相違ではなく、そんなに動き易い言葉でもあつたのであつた。尚ほ古事記伝に宣長の興味ある考説もあつた筈である。私は戦陣の中で、この事を時々思ひ出すことが少くなかつた。そのうち私はまた妙なことを想ひ出すやうになつた。

それは支那の町といはず村といはず、祠廟といはず、民家といはず、その屋根づくりに「龍」の表象が実に夥(おびただ)しく顕(あら)はされてゐるといふことであり、気づいてみると、屋根だけではない、橋の欄干にも二頭の龍が躍つてゐたりするし、貨幣からレッテル、否日用の家具、器具類に至るまで、極端にいへば龍の図様意匠でなければ夜も明けぬ一種の民族的表象たる有様なのに気づいたが、段々分つてきたのは、それらの龍が、頭から尾の端まで、いやらしい位刻明に写実風に造られ描かれてゐるといふ事であつた。鱗(うろこ)一枚、爪一枚も写実風であるといふ工合である。それに比して私どもが幼少の時から見てきた日本画の龍は殆ど例外なしに雲気の間からちら〳〵と体の一部づゝをのぞかせてゐるにすぎない龍であつた。子供心にその頭と胴と四肢とのつながりが、その雲の中でどうつながるべきかに頭をひねらされて困つた記憶さへあつた。全身をあらはした龍といへば、私は以前の銅貨の裏にあつた龍の図より知らないといつてもいゝ。——たしかに此の龍の場合も日本の龍の画は、龍といふより雲をかいてあるといつてよかつた。

この龍の（雲の）図は、ゆくりなくあのわが古い絵巻物をはじめ、何かといへば画面を横切つて靉靆(あいたい)と棚引き、段々に重なつたりしてゐる雲形を思ひ出させた。それは画面の上空の方のみでなく右からも左からも下からも面白く出て画を縫ひ、隠して居り、画面を蔽うてゐる。それは横雲ばかりではない、あの雲料や雲肘木風の、洲浜(すはま)形に綾模様化されたものもある。それらは小学時代以来絵といへば写生といふことばかり教へられて来ながら、古い絵など見る毎に、えも云はれずふしぎに美しいものに見えてゐたあの雲であつた。あれらの雲形なしには絵が出来ないのである。少くとも描かれてあるものを美しいものにするのは、あの雲がつゝんでしてゐることではないか。仏像なども、推古風のあの雲形の衣裾が写実的になつてしまつて行つた天平仏は、何か尊さが欠けて見えるやうに思はれたし、平安時代になるとまたあの妖艶な仏像たちの上にやはり雲がまつはりついてゐるやうな美しさを生じてゐる、などと、とりとめもなく牽強したりしてみるのは、戦陣の間にあつた私のひとりたのしい空想であつた。

帰還すると、私は古事記伝の「豊雲野神」の註を開いてみた。私は飽かずそれを読んだ。その時の心持を記念するためにも、こゝに煩を厭はずその註の全文を引いてみたい。実はその前の国之常立神の註から引くべきだが、それは略して、

○豊雲野ノ神、御名ノ義、豊は物の多にして足ひ饒なる意の言にて、称辞なり、豊布都ノ神、豊石窓ノ神、豊玉毘売ノ神、又豊木入日子ノ命、豊組入日売ノ命などの例の如し、又人ノ名ならでも、豊葦原ノ中国、豊ノ明、豊栄上、豊寿などと云り。雲野は、字は借字にて、久毛は、久牟、久美、久比、許理など通ひて、〔其由は次に云〕物の集り凝る意と、初芽す意とを兼たる言にて、此ノ二ツノ意又おのづから相通へり。物集り凝て、物の形は成ルものなればなり。野は怒と訓て、〔凡て野をば、古ヘは怒と

云り、能と云ッはやや後のことなり。師の云く、野、角、篠、忍、陵、楽などの能は、古へはみな怒と云り。故レ古書に此等の仮字には、能乃などをば用ること無くして、みな奴、怒、農、濃などを用ひたり。農、濃などはヌの仮字なり、ノに非ず。凡て右の言どもを能と云ことは、奈良の末つかたよりかつ〴〵始まれり、と云れたるがごとし。〕沼の意なるべし。されば久毛とは、彼如ニ浮脂ノ物の沌凝り生て、国土となるべき初芽なる由を以テいひ、怒とは、其ノ物を指て云フ。彼ノ国土になるべき物は、潮に泥の滑りたる物なればなり。凡て水の渟れる処を沼と云り。又書紀ノ一書の御名に依ルに、野は主の意にてもあらむか。〔其由は次に云〕かくて比ノ神ノ御名、書紀には豊斟渟ノ尊、〔斟は久美とも訓べけれど、一書に組ともあれば、此は久牟なるべし〕一書には豊国主ノ尊とありて、〔こは雲野、斟渟と合せて思ふに、国は久毛爾、又久牟爾の約まりたるにて、其ノ爾は宇比地邇の邇と同くて、彼ノ野、渟と通ふ言なるべし。さて主は別に添て尊める称なり。さて此ノ御名に依ルときは、又雲野などの野も、主の意にてもあらむか。若シ然らば此ノ御名の国、即チ久毛、又久牟など、通ふなり。此ノ御名に依て思ふに、凡て国土と云名は、久毛爾にて、雲野てふ神ノ名と同意にもやあらむ〕又曰、豊組野尊、〔久美は、久毛、久牟などと通へり〕亦曰、豊香節野ノ尊亦曰、浮経野豊買ノ尊、〔布斯は、比と切まれば、香節と買と同じ。さて加比は久比と通ひ、久比は久美と通へり。猶此ノ事下なる角杙ノ神の下に云べし。されば此ノ御名も雲野と同意なり。さて浮経野は、浮は彼ノ如ニ浮脂ノ物の、空中に浮たゞよへる意、又は後世の歌に、泥を宇伎といへば、其意にてもあるべし。経は含にて、彼ノ物の中に、地となるべき物の含まりたる由なり。花の未開ぬを、ふゝまると云と同じ。次の葉木国と合セ考ツべし。野は雲野の野に同じ〕亦曰、豊国野ノ尊〔豊国主に同じ〕亦曰、豊齧野ノ尊〔久比は加比、久美など、通ふこと、上に云るが如し〕亦曰、葉木国野ノ尊〔葉木は富と約まりて、含まる意なり。含まるを富々まるとも云。布富ごもりなども云り。又波具久牟、波碁久牟などいふ言をも思ふべし〕亦曰、御野ノ尊〔こは久美怒の久の省かりたるか、又御沼にてもあるべし〕とある、此等の御名と此彼引合せて、其ノ義をさとるべし。又師の冠辞考刺竹ノ条に、籠りと久美と通ふ由を委く云れたり。開き見べし。信に許母理も久麻も、集り凝る意あり。雲も其ノ意にて、本同じ言なるべし。又角久牟、芽久牟、涙久牟などの久牟も、初て芽す意にて、凝る意を帯たれば、同言なり。猶下なる角杙ノ神の下と考ヘ合すべし。〔彼ノ書紀一書に出たる御名どものうち、豊香節、豊買、葉木国などにつきては、稲に依れる御名かとも思はるゝ由あり。其は香節は、八千矛ノ神の御歌に、やまとの、一本薄、うなかぶし、とある如く、稲の靡き垂たる意、豊買は豊頴、葉木国は、稲のはびこりこもりかなる意にて、雲野なども、かの久美竹の久美にて、稲のふさやかにこもりかなる意なり。然れども、此ノ段に成座る神ノ御名に、稲を以て負せ奉るべきに非ず。其は次々の神たちの御名の類に非れば、此ノ考ヘは用ひがたし。〕

宣長によれば、豊雲野の雲は借字で、雲の意よりも、物の集り凝り初めて芽す意のクムがクモと訛つたものであらうといふことになるらしいが、しかし雲のクモも元来コモり初めてきざす意があると認めてゐる。しかしとにかく文字はクモ（雲）とあり、前に述べたやうな須佐之男命の「八雲立つ」の場合や、その他一般に日本文化に於ける雲の表象からみて、豊雲野を唯のこととは思へない。しかしとにかく、クモ、クム、クミ、クヒ、カヒ、コリ、コム、コモリ、或はカクム、カコム等が、生命のこもりと、芽し育みとを意味する所があることは認められると思はれた。これはその前の別天神からこの豊雲野神までが「隠身」の神であり、その中に天之御中主神があり（この神の御名の「中」については別に考ふる所あり、但、やはり生成の根元的意味なること考へらる）、産巣日の二神がありまた「国稚くして浮脂の如くして、くらげなすたゞよへる時に、葦牙の如、萌え騰る物に因りて成りませる神」宇麻志阿斯訶備比古遅ノ神がある、その後につゞいて国之常立ノ神と豊雲野神なので、その意はよく分ると思ふ。

然るに、阿部六郎氏の評論集「地霊の顔」の中の、「アジア的混沌について」といふ章を見ると、この問題に対する感慨は一層こみ入つたものになつてくると共に、或る消息も明らかになつてくるやうに思はれる。

ゲオルゲ一派の評論家は度々「アジア的混沌」に対する防衛を説いてゐる。それは大抵独逸の青年の間に拡がつて来たロシア文学の影響、殊にドストエフスキーの影響に警告する場所に出てくる。

とその冒頭に書いて
「蛮人の狂熱」「根源性偏執」などといふ言葉もそれに関して度々用ひられてゐる。たしかにそれは壮麗な宇宙的建築を志す厳しい西欧人文精神から必然に閃きでる反撥であつた。

とあり、阿部氏自身は「その頑健な淘汰力は感じながらも、さういふ言葉に出会ふ度に私はゲオルゲ一派との間に間隔を感じない訳には行かなかつた。」「しかもさういふ言葉そのものに反感をもつたのではない、ドストエフスキーをさういふ言葉で片づけようとするところに彼等の文化信仰の甘さが感じられたのである。彼等の美感様式の特殊性に抵抗する底深い残余を自身の内に感じたのである。」といつてゐる。そして氏の言ふ意味の筋は次の言葉によつて尚ほ明らかになつてくる。「最近私は芳賀檀氏がドストエフスキーの危険を説く文章の中でこの『アジア的混沌』といふ言葉に邂逅した。そして一人のアジア人が西欧の評論家と同じ意味でドストエフスキー防衛の必要を説くのに用ひられてゐる『アジア的混沌』といふ言葉そのものに更めて一の疑問を感じた。ベルトラム教授の熱烈な同志である芳賀氏の信念を問ふのではない、自分に発する一の疑問である。」

阿部氏はドストエフスキーに氏自身が驚歎するのは「その渦巻く混沌の非アジア的な熱量と光炎である。これは吾々の及ばぬ限界の彼方から出る発光と思はれる」ものであり、これは「吾々には新しい異風土」であり、「この異質の故に、私はこれを西方のもの、引くるめて一の欧羅巴的のものと感じてゐた。」と述べ、「ところが誇高い西欧の文化の防衛者は断乎としてこれを『アジア的混沌』と呼んで斥けるのである。」といふ驚きを記し、

これはゲオルゲ一派の人々だけではない、観念の襞に複雑な現実の繊維が周密に絡み込んで、批評のメスで生身のものを引裂くのに、最も繊細な心づかひを見せるトオマス・マンのやうな人でさへ「ゲエテとトルストイ」の中で、ゲエテと共にその明確なホオマア的彫塑性では「シラア・ドストエフスキーの黙示録精神」と正に対蹠的である筈のトルストイの心底にすら、西欧人文精神に対する烈しい憎悪、「アジア的アナルヒイ」の兆候を綿密に指摘して見せてゐる。独逸だけではない、アンドレ・ジッドが「仏蘭西人は深淵といふものに堪へ得ない」といひ、ヴレリーが「ダ・ヴィンチには深淵なんてない」と言つてゐるところにも、言葉は違ふが、前に「アジア的混沌」と呼ばれてゐたものと西欧人文精神との反撥の指摘を読みとることができる。

更に氏は、このドストエフスキー的「アジア的混沌」に対してロシア自身が之を撃ち又追放しようとしてゐる事実を指摘し、寧ろこの「西欧人を戦慄させた『アジア的混沌』がかうしてロシアそのものからさへ『アジア』の名で追放されてゐるからには、

結局これは一国の境を超えて普く東洋に瀰漫する存在としなければならぬ。蒙古、西蔵、支那、印度、宏大なアジアの荒漠には、たしかに混沌と呼ぶ他はない不可測の魂が棲息してゐるらしい。」と認め、こゝにドストエフスキーを挟んで、東西両方から互に彼方のものとして異質視した「アジア的混沌」を、氏は更により東洋の方へ引き寄せて来る。しかし氏は日本人としての心に問うて「それならばドストエフスキーの混沌はやはり同質のものとして吾々の心底に潜んでゐるのであつて、そのためにロシアの文学は西欧文化以上に底深い親しさで吾々の魂に響くのであらうか。」と反省し、「こゝに至難の検討が待つて居る。吾々は吾々自身のアジア的混沌を追究して、ドストエフスキーの心底の混沌と照応せねばならぬ。」と、厳密に吾々の中なるものをさぐり、又西欧人文精神の根底を窺ひ、芳賀氏の警告を批判し、そこにはとにかく支那があらはれ、仏教があらはれてゐる。そしてこの二つのあのもの倦い文化に対して、この二人の評論家の語る決心は（芳賀氏の論文は評論集「古典の親衛隊」参照）読者に結論を与へるよりも一層われ〳〵日本人の歴史を省らせ、また我々の決心を問はしめられる力に富んだものであるが、文章のついでに阿部氏の方を紹介すると、

日本の文化伝統はアジアでも特殊の位置をもつてゐる。万葉にひらき宣長に復興された心を見れば、一種の澄明な人文精神を醇粋な本流としてゐるやうに思はれる。吾々の民族性の混沌と見えるものも実は混沌を防衛して絶えず均衡作用を行つてゐ

る一種の精妙な組織機能であつて、希臘（ギリシヤ）のやうに、アジアの気流に絶えず襲はれながら、透明に見えて強靭な神々によつてこれを醇化し、本然の全無碍（むげ）の生命が破れて稀薄になつた後にも、やはり独自の文化を守りつゞけて来たやうである。ニイチエが言つたやうに、一つの文化の誇はその文化内容の始源が自国に発することにあるのではなく、異国渡来のものをもそれ独特の浄気をこめた形態に高めることにある。日本もその意味で高度の文化力を蔵してゐたのであらう。吾々の神話が何を意味するのか私は知らない、少くとも素盞鳴尊（すさのをのみこと）が夜見（よみ）国に降つて以来は、アジアの荒漠の魔神は柔和な神々の圏を破り得なかつたらしい。あの徹底した形而上学をもつ仏教がこの国に長く根ざし得たといふことは、大きな驚異である。仏像が渡来した時には異様な悪疫が流行（はや）つたのである。此処と今とに健かに生きてゐた民の心に次元の転変が生じたのはその時である。しかしこれさへ日本の霊は自分の息吹に包摂（はうせつ）して、この不毛のものからさへ独自の芸術文化を造型したのである。云々。

しかし私はさういふ混沌を防衛して絶えず「均衡作用を行つてゐる一種の精妙な組織機能」――即ち「希臘のやう」な――といふ以上のものを、私どもの中に覚えるので、右のやうな指摘の仕方では、満足するわけには行かないが、ともかく西欧と、ロシア、支那、印度に亘る或るすさまじい（青山を枯山なす生の暴風と共に、忽ち倦怠の深淵と静謐（せいひつ）に疲れさせる）混沌と、日本とを区別して見ることを暗示されるであらう。そしてアジア的混沌は西欧では「堪へがたい」として拒否され、日本ではあの愛（は）しけき雲の意匠となつて、のどかに画面をかこみ、生命の死と生との交合を美しくかゞやかせてゐる。

　しかし何故西欧に於ては、そのやうに混沌といふものが恐ろしいのであらうか。これは西欧人自身にとつて唯かりそめに考へ済まされないことであらう。それは混沌といふこと自身のために西欧の人がこれを軽蔑したり嫌厭したりするといふことを以てのみ説明されない。却つて西欧人自身の文化的構想の中に混沌におびえるものを包蔵してゐる彼等自身の故に怖れるのであるといはなければならない。それは文化人が野蕃人に対して抱く気味のわるい畏怖感に一寸似てもゐる、又西欧人達はさういふ説明を以て自らその恐怖をなぐさめてゐるやうである。しかし全くその通りであらうか。事実西欧人にとつて異種であるトルストイもドストエフスキーも、そして支那や印度も、少くとも野蕃的ではない。寧ろ西欧人の誇りとする文化的観念よりも、何らかの意味で宗教的であらう。トルストイやドストエフスキーは西欧人達よりもより多くキリスト教的であり、支那や印度はそれ〴〵に宗教的である。西欧人ももとより熱烈なキリスト教信者であらう。しかし私は西欧人のやうな科学的文化の本尊たちが、何故あのやうにキリスト信者であるかといふ不審が消えたことがない。キリスト教は西欧人が羅馬（ローマ）帝国といふ大きな贖罪（しょくざい）の犠牲を以てアジアから受け得たものである。彼等はその神と抗しつゝ、懺悔と洗礼とを共に捧げたり受けたりしてそれによつて己等の生活をかにかくに救ひ得てゐるのである。彼等は神を求めつゝ神に罰せられ神を怖れてゐるものの子孫ではないか。彼等が自ら誇り高く言ふ所の文化とは、人文主義的合理主義的知性の築いたものであるが、彼等はそれが神と匹敵し神と争ふところの力あるものとして誇りつゝ、懺悔とか祈禱とか畏怖とか贖罪とかには最も誂へ向きな宗教たるキリスト教に帰依する。一体キリスト教とは、宗教として或は最も険しい宗教かと思ふ。最も酷しい犠牲と祈禱を要求しつゝ最も届かない所に神があつて絶望的にその祈禱を拒否してゐるのである。西欧人たちは彼等の文化が、プロメシウスの盗んだ火や、蛇が誘惑して教へた智慧をその淵源としてゐることを言ひ伝へてゐる。彼等の知性はその目ざめから既に神を畏怖し且つ抗ひつゝ、彼等の所謂文化なるものを構想しつゝある。そしてさういふ文化観念の立場から、征服しきれないものとして本能的な畏怖を感じてゐるのが彼等の所謂「アジア的混沌」とすれば、それは彼等自身の整斉した文化の誇りのせゐばかりでなくして、彼等が自らの深層に於て畏怖しなければならなく負うてゐる宿命の痛みから、その畏怖すべき神への憎みを物語る一種の自己弁護であるかもしれない。彼等にとつては余りに神に近づいてゐるアジア人の憚らぬ狂信ぶりが、彼等には信じられぬ異様な盲信とも見えるのではあるまいか。

しかしロシア人や支那人や印度人のその狂信は、まことに神にまもられて、神の光の中にたのしんでゐるのであらうか。トルストイやドストエフスキーのあの狂熱的なキリスト教的な祈りは神へ達せられてゐるのであらうか。彼等は思ひ上つた貴族精神や合理主義精神を伐つてキリストへの復帰を描く。しかしその救済がいかに非常な深刻な犠牲を描きつゝ、救済が取つてつけたやうな大団円に終つてゐるかを我々は容易に見てとることができる。元来キリスト教は神を見るよりも、僅かに一人の選民としてのメシアたる神の子キリストを以て、救世を約しようとするに止まるのである。支那人は果して「天」と陰陽五行とによつて彼等の生活を天上的なものに高めたであらうか。我々は「詩経」に最も天との親近をみる。しかし孔子に選録された頃、その反面に天に対して孔子が最大にしつらへた倫理体系を空しく見せられるだけで、この孔子の努力の後も、はやつてひたすらその「天」の興言を利用して自ら堕落して行き、「天」を利用しつゝ、踏みにじつた者がその瞬間人為の王権文化を一時的に誇りつゝ、また没落して行つてゐる事実を知つてゐる。孔子の努力を嘲笑(あざわら)つた老子の徒の空しい笑ひ声は、果して何の道を示したか。我々は玄之又玄を指す老子よりも、孔子の努力を否定し去つた彼等のみのしる深い悲しみに触れてそれをいたむのである。蘇東坡(そとうば)の「望雲楼」の詩に「陰晴朝暮幾回新。已向二虚空一付二此身一。出本無心帰亦好。白雲還(また)似二望雲人一。」(蘇東坡詩集)といふ、陶淵明の「雲無心而出レ岫」白楽天の「浮雲暗帰レ山」を踏まへ、狄仁傑の望郷の心を以て詠じてゐるが、指す所を失つた所について詩人は歌つてゐるのである。易に「雲雷屯、君子代経綸」と註したのが楚辞に「日月と光を斉しく、龍駕帝服、しばらく翱遊して周章す」と賀した「雲中君」に於て而も「夫の君を思うて太息し、極めて心を労して憹々たり」と憂心を歌はれたのが、今この遺り場のない虚無感に至つたのであらうか。睡夢から覚醒することを意味した「仏陀」の智は、此の世にその覚醒をいふよりも、あくまで睡りつゞけるこの現世の中で、はかなく、西方十万億土に於て真に覚醒した世界を想定したに止まるのである。我々はこの十万億土を埋めようとしたあの晦明交錯した仰山な経綸を見る。そして奇妙なことにその仏教を生んだ印度の人はその昔のさういふとにかくさかんな想念をば、今はうつけたやうに忘れ果ててしまつたのである。

　すべて奇妙なことに、嘗て神は非常な切迫を以てアジア大陸の人々の上や隣や背後にあつたのに、その神を自ら遠く隔てやり、遂に見失つてしまつた。彼等の用ひた知性の尤もらしくしつらへた、さかんな教へや理法だけが寧ろ怪奇な物語となつて跡に残り、まるでその知性の盛りのために神を弾き放つてしまつた（実は自ら撥ね返されて神から遠ざかつた）やうにすつかり手がとゞかなくなつてしまつた。そして彼等はもはや畏れるものをさへ持たなくなつた！　即ち動物的無神論的にさへなつて行つてゐる。東洋が怪奇の相貌を帯びてきてゐるのはこゝにある。嘗て最も神に近かつたもの達の現在の最も甚しい神の忘却。さういふ生き方の底に唯一つ残つてゐる生命とは、全く悪魔でさへもない、諦念的な不可思議なものである。悪魔的であるなら、それは寧ろ何らかの図になる。しかしこの諦念の中に生をたくらんでゐる、青さびた燐光のやうなさういふ生そのものは、生のいきそのものを脅かすものである。西欧人たちはそれを堪へがたくて拒否し、避けようとする。彼等はそれに抵抗しようとして又人文的なものを設計しようとする。ロシヤは、その怪奇な生に食ひつかれた西欧が、自ら試してゐる踠(あが)きであるといへないであらうか。「アジア的混沌」とは、蓋(けだ)し西欧人にとつて一つには畏怖される神なるものをもつて彼等に抗せられ、或は征服されようとさへしてゐる名目であり、一つには生(なま)なかの悪魔主義よりも更に頽廃し惨落した生の毒気の故に彼等に拒まれようとし、更には無気力な頽廃を益々無気力へ搾取し、兼ねて嘗て彼等西欧人が原罪の罰として神から課せられた労働生産（旧約聖書）の役を無気力者に転嫁して自分自身らは上層的享受的に生活の貪(むさぼ)りのみをしようとするため、東洋人はその奴隷化されようとしてゐるともいへる。しかし西欧人は尚ほそれによつて決して真にその生を養つて神の門に近づいてゐるとはいへない。彼等自身に彼等の構築しつゝあるさういふ文化が「欧洲の滅亡」的危機を孕(はら)んでゐることを知つてゐる筈である。イギリス、そしてアメリカは西欧人のさういふ宿命を最も象徴するものではないだらうか。

彼等はアジアの大陸につながる半島たる欧洲から退避して僭主者的に新しい天地を

得ようとすると共に、搾取しようとして地球の逆の方向からもアジアに向つた者の中の成功者である。しかし彼等はその野望と共に、神に直面することを避けることができなかつた。それは決して今日を以て始まるのではない。最も近くはペルリが太平洋を越えて日本を訪れたその時からである。

あなあはれ鈍の亜米利加神風の恐きことを汝は知らずやも
神風のかしこき事を知らずかもたはれ言いふたはれあめりか
くなたぶれさどひし罪を早知りて贖ひ奉れあめりか奴
神風を和め奉りて皇辺に吉くして参来亜米利加奴
神風に息吹き放らはれ沈きつゝ後悔いむかも鈍の亜米利加

——鹿持雅澄

この国学者の和歌が決して敵愾心のために歌はれたのでなく、全く世界を掩ふ八紘為宇の言立てであることを、もはや日本人は疑はないであらう。

さて私どもは今一度振返つて、儒・道教、或は仏教が日本に入つて来て、直接に神に会つて、どのやうに高いものに達しえたか、どのやうに大きな光に現に透されたかを見る必要がある。また日本人が、それらの有するあの誇りかな理法に絡はられつゝも遂に、それに扼殺されてあの生の倦怠と惨落に陥るといふやうなことなく、神ながらのまさ道を——まことに無窮の隆昌を保有してきた事実を知る必要がある。日本の文化が異文化を抱合することによつて高まつたとなすが如き思想は正しくない。今少しく各民族の文化の根柢に求めてゐるものを看抜き、その始末がどうなつてゐるかを探究して後、それら自身が、日本に於て如何に満たされたかをみるべきである。彼等が天や仏陀に今一歩に於て接しつゝ永遠に遠ざかり、その天とし仏陀として仰がうとしたまことの神（即ち実際は神を描かうとしておほけなくも理のかぎりを尽して遂に神は見失つた、その怪異なおほけない混沌の中に永遠に晦（くら）く見えなくなつてしまつた神）に、彼等は日本に於て正に引見されたのである。未だこゝに至らない回々（フイフイ）教の低さと比較してみても、儒老仏教の日本に来た幸福は分るであらう。我々は日本が儒老仏教によつて真の意味に於て生命を――国のいのちを豊かにされたとも向上させられたとも信じない。世上さういふ思惑をもつて日本文化をいふものが多いが、何の証拠を以てさう断ずるのか、私に信ぜしめ得るものをみない。さういふ軽率な断論に変な世界主義的な頽廃したいきと皇国の歴史の阻塞の罪とをみとめるばかりである。日本では、彼等のおほけなく取りみだした人為の混沌の彼方に、神がさかんに顕（あ）れたまうてゐるのである。

皇国人（みくにびと）はしつてゐる。萌ゆる雲を。

その雲は併し人為や人の気のみだれなした混沌ではない。全く別なものである。神のうるはしいくしびを素直にさして雲といふのである。神をまことに見るとは、決してあの神のことを何も彼も合理的に知りつくしたやうに言ふあの智慧ではない。神をくしびと仰ぐものこそ真に神を知るもの故、皇国人はあの外つ国々の所謂宗教のやうな、あのあらはな龍の図や仏像のやうな、神の描き方はしなかつた。むしろ雲を以て、神のくしびさのみを想ひ見た。儒仏教等が、理の限りをつくして皇国人の想ふその雲なるくしびをまんまと排いてしまつた時、皇国人は驚いて彼等の強ひる擬神（天や仏）を目もくらんで拝しもした。しかしあくまでやまとの歌人は

皇は神にしませば天雲の雷の上に廬せるかも　——柿本人麿

と歌つて、やまとのたましひを保守してやまなかつたのである。儒教はすめらみことを君臣の名分を以て教へようとした。しかし皇国人はあくまで「雲の上」として仰がうとした。支那風の瑞徴思想も、最も多くは瑞雲慶雲を以て倣つた。

「雲の上」といひ「雲居」といふ慣用語は平安時代のものであるが、その淵源は右の人麿の歌にありとしてよい。私は丹後風土記の中にある水江浦嶼子が、雲間より降り来つた天上仙家の神女に伴はれて天界に遊び、後俗界に帰つて故里を喪ひ衰頽して「常世辺に雲立ちわたる水の江の浦島の子が言持ちわたる」の悲歌を詠じた物語や、比治ノ里の老夫婦が天下れる天女を虐待し、天女が「天の原ふり放け見れば霞立ち家路まどひて行方知らずも」と嗟嘆き、地上の老夫婦の意を思ふに我が心荒塩に異なることなしと村人に言つたといふあの物語を唯一地方の伝説として読みすごし得ない。これは

雲の破綻の苦しい物語である。むしろ私は竹取物語のかぐや姫の昇天をことほぐものである。どうやらその竹取物語が平安時代の物語の発端となつてゐることが源氏物語に認められてゐる。「雲の上」の物語が「もののあはれ」として叙べられるのである。允恭紀にある、衣通郎姫が天皇を恋びたてまつつての歌に「わが夫子が来べき夜なりさゝがねのくもの行ひ今宵著しも」といふ歌の「さゝがね」のくもは、小蟹の蜘蛛とも、小竹が根の蜘蛛とも、細竹嶺の雲とも解されてゐるが、敢てこれを「雲の行ひ」として牽強しなくても、雲によつての神の降臨は天の八重棚雲をいつの道別き道別きて天降りたまうた瓊々杵尊以来皇国人の目には、雲路が待たれてゐるのであつた。わづかに雁の声、ほとゝぎすの声が雲間から万葉人の胸をときめかし、うら／＼と照れる春日に天路はるけくあがる雲雀に「心かなしも独りし思へば」と締緒を詠じた人の悲しさを思はなければならない。しかもあの古い伽藍の枓拱にそつと雲の形をとゞめた工たちの心は、繧繝彩色の宝相花や、雲に乗つて此方に来迎する画図をさかんに描きはじめた平安時代の人の心に乗つてきてゐたに違ひない。その来迎の雲は平安時代を降るに従つて急迫となつて奔り、絵巻にも伽藍の彫刻にも、将又懸仏にも、雲は漂ひ飛び舞ひ、やがて中世に降つて狩野永徳のあの花のごとく雲が画面を埋めた「洛中洛外図」の意匠の如きを見出すことができるのである。日本画は空白が生き空白によつて生かされるといふ。しかし私は宋画の空白の冷たさをたのしみとし難い。大和絵の金箔の空白は空白でなく「青雲の」と呼んだ上代のあの空を今又描いてゐるのではないだらうか。その証拠には、その空の金色が雲となつて画面を横切つたりするのである。

遂に晦渋に己が生を叙してしまつたアジアの混沌に非ずして、その混沌を神の帯びたる霊妙(くしび)を語る神の意匠としたこれらの美しい雲は、まことに神をせまつて想ふ人に望まれなければならない。拒絶され畏怖される混沌といふものは、その混沌も、拒絶や畏怖も、それ自ら神に素直に随はざる自己のおほけない錯誤をもつてゐるのである。ともすれば神をくしびと仰ぐよりも己が知性を以て神を作ることを以て神を仰ぐとなすのである。さういふ倫理、さういふ文化価値にひそむ過誤と狡猾さを、西欧の詩人痛ましくもなげいてゐることがある。ボードレールが書いた次の散文詩は、我々にさまゞゝのものを考へさせる。

エトランジエ

——君は誰を一番愛する？　聞かせよ見知らぬ人よ。
君の父か、母か。それとも姉妹か兄弟か？
——私には無い、父も母も。姉妹兄弟も。
——では、君の友か？
——そなたのその言葉は今日の日まで、私にはわかつてゐない。

――では、君の生れた国？

――いかなる緯度に、それが位置せるや、私は知らない。

――美しい女か？

――女神のやうに不死の女なら、進んで愛しもしようけれど。

――金？

――私はそれを憎む、そなたが神を憎むやうに。

――では、君は一体何を愛するのか？　世にもめづらしい異郷人よ。

――私は雲を愛する、……あの流れ行く雲を、……むかうの、……むかうの……

あのすばらしい雲を……

このめづらしい変つた旅人は、一切その身の置くべき場所も、愛するものも失つてしまつた。否寧ろ、それらのものを有りとする者へ皮肉を報いることを以て漸く己を生きつないでゐる悲しいその旅人は、はるかにはるかに彼方を流れ行く雲を指して、あれを愛すると答へる。その形のない、それだけで西欧人からは忌まれ憎まれ拒否される雲をさして、私はそれを愛するといふ時、ボードレールの魂の深さが分るのである。

しかしさういふ雲は、今彼のゐる所からは「むかふの、……むかふ」にある雲であり、又「流れ行く雲」であつてこちらへ来る雲ではない。それは遥かに、その文化の喪失の底から、臨終の幻のやうに想ひ見られる雲であり、而もこちらへ来るのではない、絶望の嗚咽（をえつ）が聞かれるやうである。「愛（は）しけやし、我家（わぎへ）の方よ、雲居立ち来も」とは倭建命の御歌ではなかつたか。西方の不世出の詩人がせめて夢幻として意匠しようとして絶望しつゝ見たあの遠い雲が、われ〳〵の国にさかんな花のやうに遊んでゐる。彼には更に一篇の詩がある。それは、恋人に招待されながら、スープに手をつけるのも忘れて食堂の窓から呆然と雲に見とれてゐるのを、ヒステリックな恋人に背中をどやされ、「いつになつたらそのスープを飲むの。間抜けな雲屋の鈍間（のろま）さん」とやられる喜劇的な散文詩「スープと雲」である。この「雲屋の」青年はその恋も、その恋人との饗宴のスープも、もう彼のいのちを養ひも満たしもしなくなつたのである。そして窓外の空を行く雲に魂を吸はれてしまつてゐる。私は、信天翁（あはうどり）に擬して「詩人はこの雲間の王者に似たり」と自嘲した、この悲しくもうつけはてたボードレールに、われ〳〵の幸福な豊かな雲の歌を贈るのが残酷にさへ思はれる。——「八雲立つ、出雲八重垣　夫妻隠（つまご）みに……」の歌を。それは憐愍（れんびん）であり、しかし、彼をたゞ一人の詩人としてあはれむのである。あはれむとは、生命の新しい恢復のためのわれ〳〵の養生の秘呪である。それを語つたのは、かの王朝の生命を堪へがたくいとほしむが故に、その「ひとり」なる詩人の決意を以て隠遁した鴨長明の「方丈記」の一句「はぐくみ（クモの語と縁のあつた！）あはれぶ……」であつた。私はこの日本の詩人の心を以て不幸な西方の詩人に告げるのである。

ギリシアの古喜劇にアリストファネスの「雲」といふのがある。昔世界戯曲全集の村松正俊氏の訳で読んだことがあるのをふと思ひ出し、引出してみた。ある田舎出の金持ストレプシアデスがその伊達者の伜のために積つた借金の返済の催促に苦しみ、それを詭弁で言ひまるめて返済せずにすむやうにと、弁舌を学びにソクラテスの「思想の家」に伜を入れようとするが、伜は肯かない。そこで親父自ら入門するが、大変な愚物で、馬鹿問答ばかりやつてゐる。遂に強ひて伜をも入門させる。そして彼自身借金取りを追払ふことにも成功する。ところがソクラテスに弁舌を学んだ伜は或る事から親父を殴打して、それに抗議する親父を弁舌で言ひ負かす。親父は自分の間違つてゐたことを悟ると共に、詭弁家の家を焼打ちするといふ筋である。田中美知太郎氏の論文によれば、この劇の初演はソクラテスの死に先立つこと約二十四年、ソクラテスがおよそ四十六歳頃に当り、現存のものが初演のまゝでなくとも尚ほ貴重な資料とするに足るとされてゐる。又プラトンやクセノポンの作品は大体ソクラテスの死後に書かれ、両者がソクラテスを直接に知つたのは、その晩年に限られてゐる点からみても、この「雲」が重要であるとも述べて居られる。唯それが戯曲化され喜劇化されてゐるといふことにより、その解釈にはいろ〳〵心遣ひが要る。田中氏はこの喜劇の諷刺の中からソクラテスを善意に抽出しようとして相当こまかい評論をなして居られる。しかし結論的に「かくて、学校内のソクラテスについて吾々が知り得たところのものは、それが何処まで実在のソクラテスに属し得るか、今のところ断定は困難である。然しながら、『雲』のソクラテスが国家の定める神を認めず、新宗教を開き、青年を腐敗させる人物として、少くともストレプシアデスの如き人間の眼に映じたであらうことは明らかである。そして事実ソクラテスは、この劇の初演後二十四年にして、このやうな罪名の下に殺されたのである。無論ソクラテスの告訴者たちが『雲』のソクラテスを根拠にしてソクラテスを訴へたのでないことは、プラトン及びクセノポンの書物によつて明らかであるけれども、しかもプラトンの『弁明』が先づ『雲』のソクラテスに就いての弁明から始められてゐる一事は、この作品がソクラテスの死の一因として無視することの出来ぬものであることを語つてゐる。」（「雲」のソクラテス）と述べて居られる。

田中氏はソクラテスについて書かれたので「雲」についてては書かれてゐない。しかしこの劇の主題ともなり、劇中にも現れる「雲」とはどんな意味をもつであらうか。それは賢愚の二者即ちソクラテスとストレプシアデスの二者が祈請するところに応じて顕（あらは）れ出て、思想や生気をつけ、その願ひを叶へ、忠告し、方策を教へる。しかし悪謀家にもその性に応じて助言し、相手になり、焚きつけ、判者として仲介の労をとり、又人が自ら犯した事に当然の罰を受けさせる。そして劇が終局に近づいた時、遂にストレプシアデスが「雲」に向つて「雲の女神よ、君達の考へ通りしたのでこんな事になつたのだ」と恨み言を言ふのに対して、「雲」は「貴方はこの事については自分を非難するだけです。貴方自身がこの悪い論術にはひつたのだから」「我々はいつもかうするのです、誰でも邪を愛する人を見た時には、その人を不幸に陥れる迄、そして神の恐るべきを知らせるのです」とつゝぱねる。親父はこれをきいて泣き声あげて「おう雲よ、辛いことだがそれは道理だ」と認め遂にソクラテスの家に復讐の焼打をかける。劇の最後は

ソオクラテエス　オイモイ（註、泣声）情けない事だ、悲しいことには呼吸がつまりさうだ。

カイレフオン（註、ソクラテスの協同者）いやあ大変だ、俺はあぶられさうだ。

ストレプシアデエス　何を望んで君達は神を蔑り、月の位置を観察するのだ。（僕に）続けろ、切つて、覆せ、神を信心しないのだからさうされるのが当然だ。

コロス（註、「雲」であり、口上役である）さて外に行かう。コロスは今日の役目を果したのだから。

この「コロス」は作者アリストフアネスが自らを語つてゐるものとみてよい。そして作者が、ソクラテス的賢明とその相対的な愚物ストレプシアデエス等の欲する所に従つて成行きを許しつゝ、而も冷然とその成行の果てをも覚知して、しかしそれを救はうとしない。そこにはギリシア思想特有の「運命」観が存する。かうしたものが「雲」

である。この運命には、後にソクラテスが自ら服した所である。運命とは、人の欲する所に逆はず自由にさせながら、その自由がまた自然に人を擲ち、また自由を阻み、或は亡ぼすものである。このやうな意味で、この「雲」も喜劇ではあるが運命劇である。ソクラテスはこの運命を彼自身によつて制御しようとして、毒盃を仰いで自決したけれども、しかし結局運命から一歩を出たわけではなく、彼等が認める法の下に死ぬといふ、運命に最も完全に一致することを得たといふにとゞまる。少くともアリストフアネスはさういふ心を以てソクラテスをこゝにも認めてゐる。

かういふ運命とは、一つの涯しない渦であり混沌である。この絶対のがれ難い運命の支配下に於ての論理は詭弁とよりほか成りやうがない。ギリシアの賢者がソフィストの面影をもつのはそのためである。そしてソフィスト以外は愚者である。しかし神はその賢者にも愚者にも降りて来ない。弁証法は合理的に運命の中に神を手探らうとするが、一歩も運命（雲）の彼方に臨むことはできない。わづかにイデアを想ひ描くにすぎない。

哲学者とはさういふ意味の賢者であるにすぎない。「君は我々の神を除いて外の神を今尚認めるかね。渾沌と雲と舌との三つを除いて」とソクラテスはストレプシアデスに言つてゐる。ストレプシアデスは「あれは賢い魂の思想する家だ。彼処には我々の周囲にある空は火消壺で、皆は消炭であると云つて信じさせる人々が住んでゐるのだ。」と信じてゐる。而もこれは「雲」自身である作者の告白なのである。「雲」は一切に対して普遍であらうとし、形而上学的であらうとしてゐる。

それは「雲」の数々のせりふにも、劇の合間の口上にも、劇中人物の雲について語る言葉にも、その性質がいろ〳〵の言ひ方で言ひ表はされてゐる。しかも、さういふ形而上学的なものは運命と同じやうに、普遍的にあらゆる生命にくひ入つて支配するけれども、まことにはその生を養ひはしない。内部にくひ入りながら而も超然とつゝぱなして去るのである。「雲」とはその両面を象徴するものである。

このやうな「雲」は、神を人から遮(さへぎ)り、人の理性を以て擬神的な形而上学的な形相の膜を形成させるにすぎない。そこに理性者の悲劇がある。「雲」自身もこの劇の最後に観衆から絶望を以て見放されるであらう。しかもこゝに於て最高なるものは「雲」である。がそれは神ではない。神を遮つて、神のまねをして働いてゐるものである。

ギリシアの神話にも支那の神話にもキリスト教のそれにもその最も原始に於て「カオス」や「渾沌」がある。しかもこれらは合理化された神話の彼方に痕跡のやうに残つてゐるにとゞまる。しかるに古事記の神代の如き、一統(ひとすぢ)の無窮の道を囲みながら実に渾沌たる性格を示してゐる。「天地の初発(はじめ)の時高天原に成りませる神の名は……」といふ冒頭を読んでも、もし例へば旧約聖書の「元始(はじめ)に神天地を創造(つく)りたまへり。地は定形(かたち)なく曠空(むな)しくして黒暗淵(やみわだ)の面(おもて)にあり。神の霊水の面を覆ひたり。神光あれと言たまひければ光ありき。神光を善と観たまへり。神光と暗を分ちたまへり。神光を昼と名け、暗を夜と名けたまへり。夕あり朝ありき。是首の日なり。……」といふ合理的に斉序化されきたつたものとの差違が明かであらう。古事記に於ては、天地と高天原と神とが何れが先後なるや全く穿鑿されてゐない。支那に於ては例へば淮南子によれば、太古至徳の世には「渾々蒼々として純樸未だ散ぜず、旁薄して一となりて万物大いに優なり」といふ状応であつたのが、史に知られる伏羲氏以来「童蒙の心を離れて天地の間に覚視せんと欲」し、神農黄帝に至つては「大宗を剖判し天地を竅領し」「陰陽を提挈し剛柔を嫥捖し、万物百族を枝解葉貫し各をして経紀条貫あらしめ」たが、「是故に治まれども和する能はず」と記してゐる。又「是に於て博く学びて以て聖を疑ひ」「百姓は淫荒の陂に曼衍してその大宗の本を失ふ」とも告白してゐる。

　然るに日本書紀に於ては、通釈の著者もいふ通り古事記の伝へのやうなおほらかな伝へを精しからずとしたらしく、書紀の冒頭数十字を右の淮南子等支那の文献によつて以て代入してゐる。その勢を以て「天先づ成て地後に定まる、然後神聖その中に生る」と記してゐる。これはをかしなことであつた。然るに今日の史学者が公然また旧約聖書化したものがある。この事については、近著「古事記徴」の中に詳細論究しておいたからこゝには述べない。唯彼等が概念として渾沌を説くのに対して、わが古伝は概念を以て言はずして伝へ方そのものに渾沌の姿を示してゐる。さうしたほんとに古い伝へかたをした伝へを、このやうにいちじるしく語り継いできたその古さは、言はうやうもなく尊いことである。私達が今にして深く知らなければならないのは、神話の科学的解釈などでなく、この古い姿である。「国稚く浮脂の如くにして水母なすたゞよへる時に、葦牙の如萌え騰る物に因りて成りませる神の名は、宇麻志阿斯訶備比古遅ノ神、次に天之常立ノ神この二柱の神も独神成りまして身を隠したまひき」といふあたりを、唯知性の幼稚といふが如きを以て評することも軽薄そのものである。小泉八雲が「怪談」の中で、日本人には「なぞらへる」といふ一種の霊威な精神作用の不思議な古い信仰がある。その語はいかなる英語を以ても十分に表はせないと言つてゐる（「鏡と鐘」）、何事でも論理的にならなら解けないことはないと、夷心を虎の威として借りてゐる現代風の日本人よりも、この文人の方がけぢめは知つてゐたやうである。「葦牙の如萌え騰る物に因りて成り」ませるといふ言葉の解ける論理があつたらききたいものである。

みつ〳〵し、久米の子らが　粟生には臭韮一茎　其根が茎　其根芽繋ぎて　撃ちてしやまむ（神武天皇記）

こんな発想がいづこの異国の詩にあるかどうか。枕詞とか序詞とかといふ術語を設けてぎこちない学者は解説を与へ和歌の説明もしたつもりでゐる。否、それどころか枕詞などは冗句であるとして気つてゐる万葉調とかの歌人とその信者の学者達によつて、万葉集は縄張りでもした形でゐる。一分一厘だつて万葉集が文学として彼等に正身を見せてなどゐないのだ。せめて「譬喩歌」とか「寄物陳思」とあると、彼等はいゝ手ほどきを得たつもりである。古今和歌集の序に並べた六つの歌のさまの「たゞごとうた」を除いた五つまでが「なずらへうた」の類にほかならなかつた。文学はすべて「なずらへ」の中に分け入つてゐて、古今集は理智的な歌などと評して心得顔でゐる者に、文学は門をしめてしまつてゐる。彼等に古今集の文学の高さが分らなくても致し方はないのである。日本の文章学は全然別な人によつて始められなければならない。主語が欠けてテニヲハだけで操つて行く言葉は、全く盲目の歩みと思ふ冒険を、言霊(ことだま)のたすくるまゝに、正真の文学だけを表したのである。連歌や俳諧の方法を如何なる他国の文学が之に擬し得るか。象徴主義などといふ言葉で芭蕉を評するなど、まことに子供つぽい嬉しさといふほかに言葉を知らない。檀林派の面白さは、その面白さを説く前に、あんな乱調の文学などがあり得たふしぎさから気附いてもらつた方が捷径(せふけい)かもしれない。檀林派を走りすぎる「雲の影」と見すごした露伴翁の批評も未だ当てにすることはできない。あのふしぎなあやかしにみちた能や浄瑠璃歌舞伎の詞章やわざをぎの妙所も、たゞ「雲」といへばいゝ、のである。否和歌も俳諧も雅文もすべて雲である。もしその中に条理ありとするも、雲なるがまゝにそのさかんなる中に条理あるのである。条理だけを立てたがる文芸は所謂現代文学の学ぶところである。

もし西欧人の目を以てアジア的といふが如きものを見るに止まるならば、当今の文学の修業を以て足りよう。しかしアジア的混沌の此方に、まことに生命を神ながら悠久に養はんとするうつくしい雲のたゞよひ、かゞよふ国がある。畏(おそれおほ)いけれどもつゝしんでこゝに写しまつり、満腔の志もて拝したい至尊の御製がある。

きの国のしほのみさきに立ちよりて沖にたなびく雲を見るかな

保田與重郎氏が、南紀の旅に佐藤春夫氏と潮岬に出でて此の御製の歌碑を拝した「風景と歴史」の中の「今上陛下幸于紀伊国御製一首」の文章は、保田氏が捧げ持たうとしてなほあふれる、国風の精華とうたつたものであつた。しかも此の御製を詠ませたまうたは、回顧するも畏多い昭和四年夏、保田氏佐藤氏が此の御碑の前に立つたのは昭和十二年の初秋らしい。佐藤氏は昨年十二月八日に先立つ二日の日またこゝに来て、「大君も立たせしものを、紀の国の潮の岬に、大臣(おとゞ)らを立たせてしがな、黒潮の流れみるべく、」と二十八句の長詩をしらべてゐる。もはや感きはまつて記すべきを知らない。

伊東静雄

伊東静雄詩集

『わがひとに与ふる哀歌』

――古き師と少なき友に献ず――

晴れた日に

とき偶（たま）に晴れ渡つた日に
老いた私の母が
強ひられて故郷に帰つて行つたと
私の放浪する半身　愛される人
私はお前に告げやらねばならぬ

誰もがその願ふところに
住むことが許されるのでない
遠いお前の書簡は
しばらくお前は千曲川の上流に
行きついて
四月の終るとき
取り巻いた山々やその村里の道にさへ
一米（メートル）の雪が
なほ日光の中に残り
五月を待つて
桜は咲き　裏には正しい林檎畑を見た！
と言つて寄越した
愛されるためには
お前はしかし命ぜられてある
われわれは共に幼くて居た故郷で
四月にははや縁広（つば）の帽を被つた
又キラキラとする太陽と

跣足では歩きにくい土で
到底まつ青な果実しかのぞまれぬ
変種の林檎樹を植ゑたこと！
私は言ひあてることが出来る
命ぜられてある人　私の放浪する半身
いつたい其処で
お前の懸命に信じまいとしてゐることの
何であるかを

曠野の歌

わが死せむ美しき日のために
連嶺の夢想よ！　汝（な）が白雪を
消さずあれ
息ぐるしい稀薄のこれの曠野に
ひと知れぬ泉をすぎ

非時(ときじく)の木の実熟(う)るる
隠れたる場しよを過ぎ
われの播(ま)種く花のしるし
近づく日わが屍骸(なきがら)を曳かむ馬を
この道標(しめ)はいざなひ還さむ
あゝかくてわが永久(とは)の帰郷を
高貴なる汝(な)が白き光見送り
木の実照り　泉はわらひ……
わが痛き夢よこの時ぞ遂に
休らはむもの！

私は強ひられる――

私は強ひられる　この目が見る野や
雲や林間に
昔の私の恋人を歩ますることを

そして死んだ父よ　空中の何処で
噴き上げられる泉の水は
区別された一滴になるのか
私と一緒に眺めよ
孤高な思索を私に伝へた人！
草食動物がするかの楽しさうな食事を

氷れる谷間

おのれ身悶え手を揚げて
遠い海波の威(おど)すこと！
樹上の鳥は撃ちころされ
神秘めく
きりない歌をなほも紡(つむ)ぐ
憂愁に気位高く　氷り易く
一瞬に氷る谷間

脆い夏は響き去り……
にほひを途方にまごつかす
紅の花花は
（かくも気儘に！）
幽暗の底の縞目よ
わが　小児の趾に
この歩行は心地よし
逃げ後れつつ逆しまに
氷りし魚のうす青い
きんきんとした刺は
痛し！　寧ろうつくし！

新世界のキィノー

朝鮮へ東京から転勤の途中
旧友が私の町に下車りた

私をこめて同窓が三人この町にゐる
私が彼の電話をうけとつたのは
私のまはし者どもが新世界でやつてゐる
キィノーでであつた

私は養家に入籍る前の名刺を　事務机から
さがし出すと　それに送宴の手筈を書き
他の二人に通知した

私ら四人が集ることになつたホテルに
其の日私は一ばん先に行つた
テラスは扇風機は止つてゐたが涼しかつた

噴水の所に　外から忍びこんだ子供らが
ゴム製の魚を
私の腹案の水面に浮べた

「体（てい）のい、左遷さ」と 吐き出すやうに
旧友が言ひ出したのを まるきり耳に入らないふりで
異常に私はせき込んで彼と朝鮮の話を始めた

私は 私も交へて四人が
だん〳〵愉快になつてゆくのを見た
（新世界で キィノーを一つも信じずに入場（はい）つて

きた人達でさへ 私の命じておいた暗さに
どんなにいらいらと 慣れようとして
目をこすることだらう！）

高等学校の時のやうに歌つたり笑つたりした
そして しまひにはボーイの面前で
高々とプロジット！ をやつた

独りホテルに残つた旧友は　彼の方が
友情のきつかけにいつもなくてはならぬ
あの朝鮮の役目をしたことを　激しく後悔した

二人の同窓は　めい〱の家の方へ
わざとしばらくは徒歩でゆきながら
旧友を憐むことで久しぶりに元気になるのを感じた

田舎道にて

日光はいやに透明に
おれの行く田舎道のうへにふる
そして　自然がぐるりに
おれにてんで見覚えの無いのはなぜだらう

死んだ女(ひと)はあつちで

ずつとおれより賑やかなのだ
でないと　おれの胸がこんなに
真鍮の籠のやうなのはなぜだらう

其(そ)れで遊んだことのない
おれの玩具(おもちゃ)の単調な音がする
そして　おれの冒険ののち
名前ない体験のなり止(や)まぬのはなぜだらう

真昼の休息

木柵の蔭に眠れる
牧人は深き休息(やすらひ)……
太陽の追ふにまかせて
群畜(けもの)らかの遠き泉に就きぬ
われもまたかくて坐れり

二番花乏しく咲ける窓辺に
土(ち)の呼吸(いき)に徐々に後れつ
牧人はねむり覚まし
己(わ)が太陽とけものに出会ふ
約束の道へ去りぬ……
二番花乏しく咲ける窓辺に
われはなほかくて坐れり

帰郷者

自然は限りなく美しく永久に住民は
貧窮してゐた
幾度もいくども烈しくくり返し
岩礁にぶちつかつた後(のち)に
波がちり散りに泡沫になつて退(ひ)きながら

各自ぶつぶつと呟くのを
私は海岸で眺めたことがある
絶えず此処で私が見た帰郷者たちは
正にその通りであつた
その不思議に一様な独言は私に同感的でなく
非常に常識的にきこえた
（まつたく！　いまは故郷に美しいものはない）
どうして（いまは）だらう！
美しい故郷は
それが彼らの実に空しい宿題であることを
無数な古来の詩の讃美が証明する
曾てこの自然の中で
それと同じく美しく住民が生きたと
私は信じ得ない
ただ多くの不平と辛苦ののちに
晏如として彼らの皆が
あそ処で一基の墓となつてゐるのが

私を慰めいくらか幸福にしたのである。

同反歌

田舎を逃げた私が　都会よ
どうしてお前に敢て安んじよう
詩作を覚えた私が　行為よ
どうしてお前に憧れないことがあらう

冷めたい場所で

私が愛し
そのため私につらいひとに
太陽が幸福にする

未知の野の彼方を信ぜしめよ
そして
真白い花を私の憩ひに咲かしめよ
昔のひとの堪へ難く
望郷の歌であゆみすぎた
荒々しい冷めたいこの岩石の
場所にこそ

海水浴

この夏は殊に暑い　町中が海岸に集つてゐる
町立の無料脱衣所のへんはいつも一ぱいだ
そして悪戯ずきな青年団員が
掏摸を釣つて海岸をほっつきまはる
町にはしかし海水浴をしない部類がある

その連中の間には　私をゆるすまいとする
成心のある噂がおこなはれる
（有力な詩人はみなこの町を見捨てた）と

わがひとに与ふる哀歌

太陽は美しく輝き
あるひは　太陽の美しく輝くことを希ひ
手をかたくくみあはせ
しづかに私たちは歩いて行つた
かく誘ふものの何であらうとも
私たちの内（うち）の
誘はるる清らかさを私は信ずる
無縁のひとはたとへ
鳥々は恒（つね）に変らず鳴き
草木の囁きは時をわかたずとするとも

いま私たちは聴く
私たちの意志の姿勢で
それらの無辺な広大の讃歌を
あゝ　わがひと
輝くこの日光の中に忍びこんでゐる
音なき空虚を
歴然と見わくる目の発明の
何にならう
如かない　人気（ひとげ）ない山に上（のぼ）り
切に希はれた太陽をして
殆ど死した湖の一面に遍照さするのに

静かなクセニエ（わが友の独白）

私の切り離された行動に、書かうと思へば誰でもクセニエを書くことが出来る。又その欲望を持つものだ。私が真面目であればある程に。

と言つて、たれかれの私に寄するクセニエに、一向私は恐れない。私も同様、その気なら（一層辛辣に）それを彼らに寄することが出来るから。

しかし安穏を私は愛するので、その片よつた力で衆愚を唆すクセニエから、私は自分を衛らねばならぬ。

そこでたつた一つ方法が私に残る。それは自分で自分にクセニエを寄することである。

私はそのクセニエの中で、いかにも悠々と振舞ふ。たれかれの私に寄するクセニエに、寛大にうなづき、愛嬌いい挨拶をかはし、さうすることで、彼らの風上に立つのである。悪口を言つた人間に慇懃にすることは、一の美徳で、この美徳に会つてくづほれぬ人間は少ない。私は彼らの思ひついた語句を、いかにも勿体らしく受領し、苦笑をかくして冠の様にかぶり、彼らの目の前で、彼らの慧眼を讃めたたへるのである。私は、幼児から投げられる父親を、力弱いと思ひこむものは一人も居らぬことを、完全にのみこんでゐてかうする。

しかし、私は私なりのものを尊ぶので、決して粗野な彼らの言葉を、その儘には受領しない。いかにも私の丈に合ふやうに、却つて、それで瀟洒に見える様、それを裁ち直すのだ。

あゝ！　かうして私は静かなクセニエを書かねばならぬ！

詠唱

この蒼空のための日は
静かな平野へ私を迎へる
寛やかな日は
またと来ないだらう
そして蒼空は
明日も明けるだらう

四月の風

私は窓のところに坐つて
外(そと)に四月の風の吹いてゐるのを見る
私は思ひ出す　いろんな地方の町々で
私が識(し)つた多くの孤児の中学生のことを
真実彼らは孤児ではないのだつたが
孤児！　と自身に故意(わざ)と信じこんで
この上なく自由にされた気になつて

おもひ切り巫山戯け　悪徳をし
ひねくれた誹謗と歓び！
また急に悲しくなり
おもひつきの善行でうつとりした
四月の風は吹いてゐる　ちやうどそれ等の
昔の中学生の調子で
それは大きな恵で気づかずに
自分の途中に安心し
到る処の道の上で悪戯をしてゐる
帯ほどな輝く瀬になつて
逆に　後に残して来た冬の方に
一散に走る部分は
老いすぎた私をからかふ
曾て私を締めつけた
多くの家族の絆はどこに行つたか
又ある部分は
見せかけだと私にはひがまれる

甘いサ行の音で
そんなに誘ひをかけ
あるものには未だ若かすぎる
私をこんなに意地張らすがよい
それでも一つの絆を
そのうち私に探し出させて呉れるのならば

即興

……真実いふと　私は詩句など要らぬのです
また書くこともないのです
不思議に海は躊躇うて
　　新月は空にゐます
日日は静かに流れ去り　静かすぎます
後悔も憧憬もいまは私におかまひなしに

奇妙に明(あか)い野のへんに
　独り歩きをしてゐるのです

　秧鶏は飛ばずに全路を歩いて来る

秧鶏(くひな)のゆく道の上に
匂ひのいい朝風は要(い)らない
レース雲もいらない

霧がためらつてゐるので
厨房(くりや)のやうに温(ぬ)くいことが知れた
栗の矮林を宿にした夜(よ)は
反(そ)り落葉にたまつた美しい露を
秧鶏はね酒にして呑んでしまふ
波のとほい　白つぽい湖辺で

そ処がいかにもアット・ホームな雁と
道づれになるのを秧鶏は好かない
強ひるやうに哀れげな昔語は
ちぐはぐな合槌できくのは骨折れるので

まもなく秧鶏は僕の庭にくるだらう
そして この伝記作者を残して
来るときのやうに去るだらう

咏唱

秋のほの明い一隅に私はすぎなく
なつた
充溢であつた日のやうに
私の中に 私の憩ひに
鮮しい陰影になつて

朝顔は咲くことは出来なく
なつた

有明海の思ひ出

馬車は遠く光のなかを駆け去り
私はひとり岸辺に残る
わたしは既におそく
天の彼方に
海波は最後の一滴まで沸(たぎ)り墜ち了り
沈黙な合唱をかし処(こ)にしてゐる
月光の窓の恋人
叢(くさむら)にゐる犬　谷々に鳴る小川……の歌は
無限な泥海の輝き返るなかを
縫ひながら
私の岸に辿りつくよすがはない

それらの気配にならぬ歌の
うち顫ひちらちらとする
緑の島のあたりに
遥かにわたしは目を放つ
夢みつつ誘はれつつ
如何にしばしば少年等は
各自の小さい滑板にのり
彼の島を目指して滑り行つただらう
あゝ　わが祖父の物語！
泥海ふかく溺れた児らは
透明に　透明に
無数なしやつぱに化身をしたと

註　有明海沿の少年らは、小さい板にのり、八月の限りない干潟を蹴つて遠く滑る。しやつぱは、泥海の底に孔をうがち棲む透明な一種の蝦。

（読人不知）

深い山林に退いて
多くの旧い秋らに交つてゐる
今年の秋を
見分けるのに骨が折れる

かの微笑のひとを呼ばむ

…………………………………………

われ　烈しき森に切に憔(つか)れて
日の了る明るき断崖のうへに出でぬ
静寂はそのよき時を念じ
海原に絶ゆるなき波濤の花を咲かせたり
あゝ　黙想の後の歌はあらじ

われこの魍魅の白き穂浪蹈み
夕月におほ海の面(おもて)渉ると
かの味気なき微笑のひとを呼ばむ

病院の患者の歌

あの大へん見はらしのきいた　山腹にある
友人の離室(はなれ)などで
自分の肺病を癒さうとしたのは私の不明だつた
友人といふものは　あれは　私の生きてゐる亡父だ
あそこには計画だけがあつて
訓練が欠けてゐた
今度の　私のは入つた町なかの病院に
来て見給へ

深遠な書物の如(やう)なあそこでのやうに
景色を自分で截り取る苦労が
だいいち　私にはまぬかれる

そして　きまつた散歩時間がある
狭い中庭に　コースが一目でわかる様
稲妻やいろいろな平仮名やの形になつてゐる
思ひがけず接近する彎曲路で
他の患者と微笑を交はすのは遜(へりくだ)つた楽しみだ

その散歩時間の始めと終りを
病院は患者に知らせる仕掛として——振鈴などの代りに
俳優のやうにうまくしつけた犬を鳴かせる
そして私達は小気味よく知つてゐる
（僕らはあの犬のために散歩に出てやる）と

あんなに執念く私の睡眠の邪魔をした

時計は　この病院にはないのかつて？
あるよ　あるにはあるが　使用法がまるで違ふ

私は独木舟にのり猟銃をさげて
その十二個のどの島にでも
随時ずゐ意に上陸出来るやうになつてゐる

　行つて　お前のその憂愁の
　深さのほどに

大いなる鶴夜のみ空を翔り
あるひはわが微睡む家の暗き屋根を
月光のなかに踏みとどろかすなり
わが去らしめしひとはさり……
四月のまつ青き麦は
はや後悔の糧にと収穫れられぬ
魔王死に絶えし森の辺へ

遥かなる合歓花を咲かす庭に
群るる童子らはうち囃して
わがひとのかなしき声をまねぶ……
(行つて　お前のその憂愁の深さのほどに
明るくかし処を彩れ)　と

河辺の歌

私は河辺に横はる
(ふたたび私は帰つて来た)
曾ていくどもしたこのポーズを
肩にさやる雑草よ
昔馴染の　意味深長な
と嗤ふなら
多分お前はま違つてゐる
永い不在の歳月の後に

私は再び帰つて来た
ちよつとも傷つけられも
また豊富にもされないで
悔恨にずつと遠く
ザハザハと河は流れる
私に残つた時間の本性！
孤独の正確さ
その精密な計算で
熾な陽の中に
はやも自身をほろぼし始める
野朝顔の一輪を
私はみつける

かうして此処にね転ぶと
雲の去来の何とをかしい程だ
私の空をとり囲み
それぞれに天体の名前を有つて

山々の相も変らぬ戯れよ
噴泉の怠惰のやうな
翼を疾つくに私も見捨てはした
けれど少年時の
飛行の夢に
私は決して見捨てられは
しなかつたのだ

漂　泊

底深き海藻のなほ　日光に震ひ
その葉とくるごとく
おのづと目(まなこ)あき
見知られぬ入海にわれ浮くとさとりぬ
あゝ　幾歳を経たりけむ　水門(みなと)の彼方
高まり　沈む波の揺籃

懼れと倨傲とぞ永く
その歌もてわれを眠らしめし
われは見ず
この御空の青に堪へたる鳥を
魚族追ふ雲母(きらら)岩の光……
め覚めたるわれを遶りて
躊躇(ためら)はぬ櫂音ひびく
あゝ　われ等さまたげられず　遠つ人！
島びとが群れ漕ぐ舟ぞ
――いま　入海の奥の岩間は
孤独者の潔(きよ)き水浴(ゆあみ)に真清水を噴く――
と告げたる

　　寧ろ彼らが私のけふの日を歌ふ
燿かしかつた短い日のことを

ひとびとは歌ふ
ひとびとの思ひ出の中で
それらの日は狡く
いい時と場所とをえらんだのだ
ただ一つの沼が世界ぢゆうにひろごり
ひとの目を囚へるいづれもの沼は
それでちつぽけですんだのだ
私はうたはない
短かかつた耀かしい日のことを
寧ろ彼らが私のけふの日を歌ふ

鶯（一老人の詩）

（私の魂）といふことは言へない
その証拠を私は君に語らう
――幼かつた遠い昔　私の友が

或る深い山の縁に住んでゐた
私は稀にその家を訪うた
すると　彼は山懐に向つて
奇妙に鋭い口笛を吹き鳴らし
きつと一羽の鶯を誘つた
そして忘れ難いその美しい鳴き声で
私をもてなすのが常であつた
然し　まもなく彼は医学校に入るために
市に行き
山の家は見捨てられた
それからずつと——半世紀もの後に
私共は半白の人になつて
今は町医者の彼の診療所で
再会した
私はなほも覚えてゐた
あの鶯のことを彼に問うた
彼は微笑しながら

特別にはそれを思ひ出せないと答へた
それは多分
遠く消え去つた彼の幼時が
もつと多くの七面鳥や　蛇や　雀や
地虫や　いろんな種類の家畜や
数へ切れない植物・気候のなかに
過ぎたからであつた
そしてあの鶩もまた
他のすべてと同じ程度に
多分　彼の日日であつたのだらう
しかも（私の魂）は記憶する
そして私さへ信じない一篇の詩が
私の唇にのぼつて来る
私はそれを君の老年のために
書きとめた

（読人不知）

水の上の影を食べ
花の匂ひにうつりながら
コンサートにきりがない

『夏　花』

おほかたの親しき友は、「時」と「さだめ」の
酒(さか)つくり搾り出だしし一(いち)の酒。見よその彼等
酌み交す円居(まとゐ)の杯(つき)のひとめぐり、将たふためぐり、
さても音なくつぎつぎに憩ひにすべりおもむきぬ。

友ら去りにしこの部屋に、今夏花の

新よそほひや、楽しみてさざめく我等、
われらとて地の臥所の下びにしづみ
おのが身を臥所とすらめ、誰がために。

森　亮氏訳「ルバイヤット」より

燕

門の外の　ひかりまぶしき　高きところに　在りて　一羽
燕ぞ鳴く
単調にして　するどく　翳なく
あゝ　いまこの国に　到り着きし　最初の燕ぞ　鳴く
汝　遠くモルッカの　ニユウギニヤの　なほ遥かなる
彼方の空より　来りしもの
翼さだまらず　小足ふるひ
汝がしき鳴くを　仰ぎきけば
あはれ　あはれ　いく夜凌げる　夜の闇と
羽うちたたきし　繁き海波を　物語らず

わが門（かど）の　ひかりまぶしき　高きところに　在りて
そはただ　単調に　するどく　翳（かげり）なく
あゝ　いまこの国に　到り着きし　最初の燕（つばめ）ぞ　鳴く

砂の花　富士正晴に

松脂は　つよくにほつて
砂のご門　砂のお家
いちんち　坊やは砂場にゐる
黄色い　つはの花　挿して
それが　お砂の花ばたけ

…………………………

地から二尺と、よう飛ばぬ
季節おくれの　もんもん蝶

よろめき縋る　砂の花
坊やはねらふ　もんもん蝶
…………………………………………
その一撃に
花にうつ俯す　蝶のいろ
あゝ　おもしろ
花にしづまる　造りもの
「死んでる？　生きてる？」
…………………………………………
松脂は　つよくにほつて
いちんち　坊やは砂場にゐる

夢からさめて

この夜更（よふけ）に、わたしの眠をさましたものは何の気配（けはひ）か。
硝子窓の向ふに、あゝ今夜も耳原御陵（みゝはらごりよう）の丘の斜面で
火が燃えてゐる。そして　それを見てゐるわたしの胸が
何故（なぜ）とも知らずひどく動悸うつのを感ずる。何故（なぜ）とも知らず？
さうだ、わたしは今夢をみてゐたのだ。故里（ふるさと）の吾古家（ふるや）のことを。
ひと住まぬ大き家の戸をあけ放ち、前栽（せんざい）に面した座敷に坐り
独りでわたしは酒をのんでゐたのだ。夕陽は深く廂に射込んで、
それは現（うつゝ）の日でみたどの夕影よりも美しかつた、何の表情もな
　いその冷たさ、透明さ。
そして庭には白い木の花が、夕陽（ゆふひ）の中に咲いてゐた
わが幼時の思ひ出の取縋る術（すべ）もないほどに端然（たんぜん）と……。
あゝこのわたしの夢を覚したのは、さうだ、あの怪しく獣（けもの）めく
御陵（みささぎ）の夜鳥（やてう）の叫びではなかつたのだ。それは夢の中でさへ
わたしがうたつてゐた一つの歌の悲しみだ。

かしこに母は坐(ざ)したまふ
紺碧(こんぺき)の空の下(した)
春のキラめく雪渓に
枯枝(かれえ)を張りし一本(ひともと)の
木(こ)高き梢
あゝその上にぞ
わが母の坐(ざ)し給ふ見ゆ

蜻蛉

無邪気(むじやき)なる道づれなりし犬の姿
何処(いづこ)に消えしと気付ける時
われは荒野(あれの)の尻(しり)に立てり。
其の野のうへに
時明(ときあかり)してさ迷ひあるき

日の光（ひかり）の求むるは何（なに）の花ぞ。
この問ひに誰か答へむ。弓弦（ゆづる）断（た）たれし空よ見よ。
陽差（ひざし）のなかに立ち来つつ
振舞ひ著（しる）し蜻蛉（あきつ）のむれ。

今ははや悲しきほどに典雅（てんが）なる
荒野（あれの）をわれは横ぎりぬ。

夕の海

徐（しづ）かで確実な夕闇と、絶え間なく揺れ動く
白い波頭（なみがしら）とが、灰色の海面（うみづら）から迫つて来る。
燈台の頂（いただき）には、気付かれず緑の光が点（とも）される。

それは長い時間がかゝる。目あてのない、
無益（むえき）な予感（よかん）に似たその光が

闇によつて次第に輝かされてゆくまでには――。
が、やがて、あまりに規則正しく回転し、倦(う)むことなく
明滅(めいめつ)する燈台の緑の光に、どんなに退屈して
海は一晩中横(よこた)はらねばならないだらう。

いかなれば

いかなれば今歳(ことし)の盛夏のかがやきのうちにありて、
なほきみが魂にこその夏の日のひかりのみあざやかなる。
夏をうたはんとては殊更に晩夏の朝かげとゆふべの木末(こぬれ)をえら
　ぶかの蜩の哀音(あいおん)を、
いかなればかくもきみが歌はひびかする。
いかなれば葉広き夏の蔓草(つるくさ)のはなを愛して曾てそをきみの蒔か

ざる。
曾て飾らざる水中花と養はざる金魚をきみの愛するはいかに。

決　心　「白の侵入」の著者、中村武三郎氏に

重々しい鉄輪(てつわ)の車を解放(ときはな)されて、
ゆふぐれの中庭に、疲れた一匹の馬が彳(たたず)む。
そして、轅(ながえ)は凝(じつ)とその先端(さき)を地に著けてゐる。

けれど真(しん)の休息(きうそく)は、その要のないものの上にだけ降(お)りる。
そしてあの哀れな馬の
見るがよい、ふかく何かに囚(とら)はれてゐる姿を。
空腹(くうふく)で敏感になつたあいつの鼻面(はなづら)が
むなしく秣槽(まぐさをけ)の上で、いつまでも左右に揺れる。
あゝ、慥に、何かがかれに拒(こば)ませてゐるのだ。

それは、疲れといふものだらうか？
わたしの魂よ、躊躇はずに答へるがよい、お前の決心。

朝顔　辻野久憲氏に

去年の夏、その頃住んでゐた、市中の一日中陽差の落ちて来ないわが家の庭に、一茎の朝顔が生ひ出でたが、その花は、夕の来るまで凋むことを知らず咲きつづけて、私を悲しませた。その時の歌、

そこと知られぬ吹上の
終夜せはしき声ありて
この明け方に見出でしは
つひに覚めゐしわが夢の
朝顔の花咲けるさま

さあれみ空に真昼過ぎ
人の耳には消えにしを
かのふきあげの魅惑(まどはし)に
己(わ)が時逝(ゆ)きて朝顔の
なほ頼みゐる花のゆめ

八月の石にすがりて

八月の石にすがりて
さち多き蝶ぞ、いま、息たゆる。
わが運命(さだめ)を知りしのち、
たれかよくこの烈しき
夏の陽光のなかに生きむ。
運命(さだめ)？　さなり、
あゝわれら自(みづか)ら孤寂(こせき)なる発光体なり！

白き外部世界なり。

見よや、太陽はかしこに
わづかにおのれがためにこそ
深く、美しき木蔭をつくれ。
われも亦、

雪原に倒れふし、飢ゑにかげりて
青みし狼の目を、
しばし夢みむ。

水中花

水中花と言つて夏の夜店に子供達のために売る品がある。木のうすい〳〵削片を細く圧搾してつくつたものだ。そのまゝでは何の変哲もないのだが、一度水中に投ずればそれは赤青紫、色うつくしいさまざまの花の姿にひらいて、哀れに華やいでコップの水のなかなどに凝としづまつてゐる。都会そだちの人のなかには瓦斯燈に照しだされたあの人工の花の印象をわすれずにゐるひともあるだらう。

今歳水無月のなどかくは美しき。
軒端を見れば息吹のごとく
萌えいでにける釣しのぶ。
忍ぶべき昔はなくて
何をか吾の嘆きてあらむ。
六月の夜と昼のあはひに
万象のこれは自ら光る明るさの時刻。
遂ひ逢はざりし人の面影
一茎の葵の花の前に立て。
堪へがたければわれ空に投げつつ水中花。
金魚の影もそこに閃きつ。
すべてのものは吾にむかひて

死ねといふ、
わが水無月のなどかくはうつくしき。

自然に、充分自然に

草むらに子供は蜿く小鳥を見つけた。
子供はのがしはしなかつた。
けれど何か瀕死に傷ついた小鳥の方でも
はげしくその手の指に嚙みついた。

子供はハツトその愛撫を裏切られて
小鳥を力まかせに投げつけた。
小鳥は奇妙につよく空を蹴り
翻り　自然にかたへの枝をえらんだ。

自然に？　左様　充分自然に！

――やがて子供は見たのであつた、
礫(こいし)のやうにそれが地上に落ちるのを。
そこに小鳥はらく／＼仰けにね転んだ。

夜の葦

いちばん早い星が　空にかがやき出す刹那は　どんなふうだらう
それを　誰れが　どこで　見てゐたのだらう
とほい湿地のはうから　闇のなかをとほつて　葦の葉ずれの音が
　　きこえてくる
そして　いまわたしが仰見るのは揺れさだまつた星の宿りだ
最初の星がかがやき出す刹那を　見守つてゐたひとは
いつのまにか地を覆うた　六月の夜の闇の余りの深さに　驚いて
あたりを透かし　見まはしたことだらう

そして　あの真暗な湿地の葦は　その時　きつとその人の耳へと
とほく鳴りはじめたのだ

燈台の光を見つつ

くらい海の上に　燈台の緑のひかりの
何といふやさしさ
明滅しつつ　廻転しつつ
おれの夜を
ひと夜　彷徨(さまよ)ふ

さうしておまへは
おれの夜に
いろんな　いろんな　意味をあたへる
嘆きや　ねがひや　の

いひ知れぬ——
あゝ　嘆きや　ねがひや　何といふやさしさ
なにもないのに
おれの夜を
ひと夜
燈台の緑のひかりが　彷徨ふ

野分に寄す

野分の夜半こそ愉しけれ。そは懐しく寂しきゆふぐれの
つかれごころに早く寝入りしひとの眠を、
空しく明くるみづ色の朝につづかせぬため
木々の歓声とすべての窓の性急なる叩もてよび覚ます。
真に独りなるひとは自然の大いなる聯関のうちに

恒に覚めゐむ事を希ふ。窓を透かし眸は大海の彼方を得望まねど、
わが屋を揺するこの疾風ぞ雲ふき散りし星空の下、
まつ暗き海の面に怒れる浪を上げて来し。
柳は狂ひし女のごとく逆まにわが毛髪を振りみだし、
摘まざるままに腐りたる葡萄の実はわが眠目覚むるまへに
ことごとく地に叩きつけられけむ。
篠懸の葉は翼撃たれし鳥に似て次々に黒く縺れて浚はれゆく。

いま如何ならんかの暗き庭隅の菊や薔薇や。されどわれ
汝らを憐まんとはせじ。
物皆の凋落の季節をえらびて咲き出でし
あはれ汝らが矜高かる心には暴風もなどか今さらに悲しからむ。

こころ賑はしきかな。ふとうち見たる室内の
燈にひかる鏡の面にいきいきとわが双の眼燃ゆ。
野分よさらば駆けゆけ。目とむれば草紅葉すとひとは言へど、
野はいま一色に物悲しくも蒼褪めし彼方ぞ。

若死　N君に

大川（おほかは）の面（おもて）にするどい皺がよつてゐる。
昨夜（さくや）の氷は解けはじめた。
　アロイヂオといふ名と終油（しゆうゆ）とを授かつて、
　かれは天国へ行つたのださうだ。

大川（おほかは）に張つてゐた氷が解けはじめた。
鉄橋のうへを汽車が通る。
　さつきの郵便でかれの形見がとゞいた、
寝転（ねころ）んでおれは舞踏（ぶたふ）といふことを考へてゐた時。

しん底（そこ）冷え切つた朱色（しゆいろ）の小匣（こばこ）の、
真珠の花の螺鈿（らでん）。
　若死をするほどの者は、
自分のことだけしか考へないのだ。

おれはこの小匣を何処に蔵つたものか。
気疎いアロイヂオになつてしまつて……。
　鉄橋の方を見てゐると、
　のろのろとまた汽車がやつて来た。

沫雪　立原道造氏に

冬は過ぎぬ　冬は過ぎぬ。匂ひやかなる沫雪の
今朝わが庭にふりつみぬ。籬　枯生　はた菜園のうへに
そは早き春の花よりもあたたかし。

さなり　やがてまた野いばらは野に咲き満たむ。
さまざまなる木草の花は咲きつがむ　ああ　その
まつたきひかりの日にわが往きてうたはむは何処の野べ。

……いな　いな……　耳傾けよ。
はや庭をめぐりて競ひおつる樹々のしづくの
雪解けのせはしき歌はいま汝をぞうたふ。

笑む稚児よ……

笑む稚児よわが膝に縋れ
水脈をつたつて潮は奔り去れ
わたしがねがふのは日の出ではない
自若として鶏鳴をきく心だ
わたしは岩の間を逍遥ひ
彼らが千の日の白昼を招くのを見た
また夕べ獣は水の畔に忍ぶだらう
道は遥に村から村へ通じ
平然とわたしはその上を往く

早春

野は褐色と淡(あは)い紫、
　　田圃(たんぼ)の上の空気はかすかに微温(ぬる)い。
　何処(どこ)から春の鳥は戻る？
つよい目と
　単純な魂と　いつわたしに来(く)る？

未(ま)だ小川は唄ひ出さぬ、
　　が　流れはときどきチカチカ光る。
　それは魚鱗(ぎよりん)？
なんだかわたしは浮ぶ気がする、
　けれど、さて何を享(う)ける！

孔雀の悲しみ　動物園にて

蝶はわが睡眠の周囲を舞ふ
くるはしく旋回の輪はちぢまり音もなく
はや清涼剤をわれはねがはず
深く約せしこと有れば

かくて衣光りわれは睡りつつ歩む
散らばれる反射をくぐり……
玻璃なる空はみづから堪へずして
聴け！　われを呼ぶ

夏の嘆き

われは叢(くさむら)に投げぬ、熱(あつ)き身とたゆき手足(てあし)を。

されど草いきれは
わが体温よりも自足（じそく）し、
わが脈搏（みやくうち）は小川の歌を乱しぬ。

夕暮よさあれ中（なか）つ空（そら）に
はや風のすずしき流れをなしてありしかば、
鵲（かささぎ）の飛翔の道は
ゆるやかにその方角をさだめられたり。

あゝ今朝（けさ）わが師は
かの山上に葡萄を食（しよく）しつつのたまひしか、
われ縦令（たとひ）王者にえらばるるとも
格別不思議に思はざるべし、と。

疾駆

われ見てありぬ
四月の晨(あした)
とある農家の
廏口(うまやぐち)より
曳出さるる
三歳駒を

馬のにほひは
咽喉(のど)をくすぐり
愛撫求むる
繁き足蹈(あしぶみ)
くうを打つ尾の
みだれ美し

若者は早
鞍置かぬ脊に
それよ玉揺(たまゆら)

わが目の前を
脾腹光りて
つと駆去りぬ

遠嘶（とほいなき）の
ふた声みこゑ
まだ伸びきらぬ
穂麦の末に
われ見送りぬ
四月の晨

『春のいそぎ』

詩集春のいそぎ自序

草蔭のかの鬱屈と翹望の衷情が、ひとたび　大詔を拝し皇軍の雄叫びをきいてあぢはつた海闊勇進の思は、自分は自分流にわが子になりとも語り伝へたかつた。そこで、大詔渙発の前二年、後一年余の間に折にふれて書きおいたものを集めて、一冊をつくつたのである。

その草稿をととのへて、さて表題の選定に困じてゐた時、たまたま一友人に伴林光平が

たが宿の春のいそぎかすみ売の重荷に添へし梅の一枝

の一首を示されて、ただちにそれによつて、「春のいそぎ」と題した。大東亜の春の設けの、せめては梅花一枝でありたいねがひは、蓋し今日わが国すべての詩人の祈念ではなからうか。

昭和十八年四月　　伊東静雄

この小集の出版は、桑原武夫・下村寅太郎両氏の懇な斡旋があつて出来たのである。その他にもひとの好意を有難く思ふことが多くあつた。ここに追記して、わが感謝の記念にするのである。

わがうたさへや

おほいなる　神のふるきみくにに
いまあらた
大いなる戦ひとうたのとき
酣にして
神讃(ほ)むる
くにたみの高き諸声(もろごゑ)

そのこゑにまじればあはれ
浅茅がもとの虫の音の
わがうたさへや
あなをかし　けふの日の忝なさは

かの旅

古座の人貴志武彦に

杉原や檜ばらがくれに
桃さくらはや匂ひでし
そを眺めつつ
ゆたかなる旅なりしかな
熊野路を南へゆきて
わが見たる君がふるさと

形見にぞ拾ひもてきし
玉石はみれども飽かず
あさもよし紀の海が
荒波にかくもみがきて
みづぬるむ春の渚に
おきたりし古座（こざ）の玉石

那智

いにしへの代々にたふとき
御幸（いでまし）のそのあとどころ
をがまむと来ればゆゆしも
天地（あめつち）もとどろと響き
神ながらましましにけり
雄叫びの那智の御滝（みたき）は

いまの世の熊野びとらが
勇しき軍立（いくさだち）すと
おほ前のしぶきにぬれて
玉の緒の命もひかり
をがみてぞゆきにたりけむ
なつかしや那智の御滝は

久住の歌

——君の手紙。

（その前々夜は霙が降つてゐました。僕らは数人、友人の下宿に集つていろんな事を話し合つてゐたのです。戦局の推移、わが国の大いなる運命、それから、近づいてゐる軍隊生活のこと……。そんな時突然一人が、十二月八日の朝をどこか高い山頂で迎へようではないかと言ひ出したのです。そして久住山の名が出たのです。僕はその名をきいた時、ハッと自分でも驚く程の、不意の興奮を感じましたが、友人達にはだまつてゐました。翌朝早く、僕らは雪の降り出した博多の駅を出発しました。豊後中村から六里の山路は、霰が降り、凍つた馬糞がカチカチ音を立てました。そして筋湯につく頃には、山の星がきらめき始めてゐました。山の家に泊つた僕らは、八日の早暁、雪の飛ぶ頂上で、宮城を遥拝して君が代を歌ひ、聖寿万歳を高らかに唱へたのです。僕はそれから一行に独り別れて去年の夏のあの村を指して、一気に雪の久住を走り下つたのです。………）

この手紙が齎した感情に、わがうたつた歌。

国いのる熱き血潮は

をとめ　汝(な)が為にもぞうつ
汝(なれ)見むと来し

この山蹈みならね
汝(なれ)を見で
雪匂ふ汝(な)が赤ら頬見で
いかで過ぎめや

あしびきの阿蘇を消しつつ
雪しきる久住(くぢゅう)の山
面影のこぞの道とり
はせ下る妹(いも)が村指し

息つくと立ちて休らふ
しばしさへ心をどりの
力こめ石を投ぐれば

目にうつり遠きしじまの
谷の木の梢にみだれ
せつなくも上げし吹雪や

秋の海

浜づたひたづね来て
その住居見いでたり
菜畑と松の林に囲まれて
人遠くつつましき家のほとりに
わが友の立てる見ゆ
昨日(きぞ)妻を葬(はふ)りしひと
朝(あした)の秋の海眺めたり

われがためには　心たけき

道のまなびの友なりしが
家にして　長病みのその愛妻（はしづま）に
年頃のみとりやさしき君なりしとふ

その言（こと）やまことなるらむ
海に向ひて立つひとの
けさの姿のなつかしや
思はずも涙垂るれば
かなしみいはむと来しわれに
かがやきしかの海の色かな

述　懐

大詔奉戴一周年に当りてひとの需むるまゝに

千早振（ぶる）神代にぞきく
かの天の岩戸びらきを
さながらに

大詔（おほみことのり）

すがしさに得堪（た）へで泣きて
いただきし朝（あした）をいかで
忘れ得む
この一年（ひととせ）の百年（ももとせ）なりとも
みことのり一度われらかかぶりて
戦ひの時の移りに
などてせむ一喜一憂
木枯のその吹きかはる風のまま
まろぶ木の葉をまねむやは
たたかひの短き長き
そを問はじ
堪へよとや
乏しきに堪ふる戦（いくさ）は
夷（えびす）らが童（わらべ）だに知る
大君の民てふものは
おのがじしただわが胸に

あきらかに持つ御言ゆゑ
かぎりなく豊けかりけり
これぞかのわが軍神が
身をころしをしへ給ひし
皇国の誉なりける

十二月八日近き夜

風はやき外(と)の面(も)ききつつ
草蔭(くさかげ)の名無し詩人(うたびと)
己(し)が思　子と妻(つま)にいふ

なれとわれ

新妻にして見すべかりし
わがふるさとに
汝(なれ)を伴ひけふ来れば
十歳を経たり

いまはや　汝が傍らの
童さび愛しきものに
わが指さしていふ
なつかしき山と河の名

走り出る吾子に後れて
夏草の道往く　なれとわれ
歳月は過ぎてののちに
ただ老の思に似たり

海戦想望

いかばかり御軍らは
まなこかがやきけむ
皎たる月明の夜なりきといふ

そをきけば
こころはろばろ
スラバヤ沖
バタヴィアの沖
敵影のかずのかぎりを
あきらかに見よと照らしし
月読は
夜すがらのたたかひの果
つはものが頬にのぼりし
ゑまひをもみそなはしけむ
そのスラバヤ沖
バタヴィアの沖

つはものの祈

まち待ちしたたかひに出立つと、落下傘部隊の猛き兵（つはもの）は、けふを晴れの日、標めぐらし、乏しけれども陣中のもの供へて、その傘を斎ひまつりきといふ。パレンバン奇襲直前のその写真をみれば、うつし身の裸身をり伏せ、ぬかづけり。いくさの場知らぬ我ながら、感迫りきていかで堪へんや。乃ち、勇士らがこころになりて

などいのち惜しからむ
ただこのかさの
ひらかずば
いかなりしいくさの状（さま）ぞと
問はすらむ神のみまへの
畏しや
わがかへり言

送　別　田中克己の南征

みそらに銀河懸くるごとく
春つぐるたのしき泉のこゑのごと
うつくしきうた　残しつつ
南をさしてゆきにけるかな

春の雪

みささぎにふるはるの雪
枝透きてあかるき木々に
つもるともえせぬけはひは
なく声のけさはきこえず
まなこ閉ぢ百(もも)ゐむ鳥の

しづかなるはねにかつ消え
ながめゐしわれが想ひに
下草のしめりもかすか
春来むとゆきふるあした

大　詔

昭和十六年十二月八日
何といふ日であつたらう
清しさのおもひ極まり
宮城を遥拝すれば
われら尽く
――誰か涙をとどめ得たらう

菊を想ふ

垣根に採つた朝顔の種
小匣にそれを入れて
吾子は「蔵つておいてね」といふ
今年の夏は　ひとの心が
トマトや芋のはうに
行つてゐたのであらう
方々の家のまはりや野菜畑の隅に
播きすてられたらしいまま
小さい野生の漏斗にかへつて
ひなびた色の朝顔ばかりを
見たやうに思ふ
十月の末　気象特報のつづいた
ざわめく雨のころまで
それは咲いてをつた

昔の歌や俳諧の　なるほどこれは秋の花
――世の態と花のさが
自分はひとりで面白かつた
しかしいまは誇高い菊の季節
したたかにうるはしい菊を
想ふ日多く
けふも久しぶりに琴が聴きたくて
子供の母にそれをいふと
彼女はまるでとりあはず　笑つてもみせなんだ

淀の河辺

秋は来て夏過ぎがての
つよき陽の水のひかりに遊びてし
大淀のほとりのひと日　その日わが
君と見しもの　なべて忘れず

こことかの　ふたつの岸の
高草に　　風は立てれど
川波の　　しろきもあらず
かがよへる　雲のすがたを
水深く　　ひたす流は
ただ黙(もだ)し　疾く逝きにしか

その日しも　水を掬びてゐむひとに
言はでやみける　わが思
逝きにしは月日のみにて
大淀の河辺はなどかわれの忘れむ

九月七日・月明

夜(よる)更けて医者を待つ

吾子の熱き額に
手をやりて
さて戸外の音に
耳をかたむく
――耳傾くれば
わが家は虫声の
大き波　小さき波の
中にあり
……………
たちまちに
自転車の鈴の音
遥にきこゆ
つと立ちいでし
僻耳や
草原は
つゆしとどなる月ありて
すず虫の

ただひとしきり
鈴(すず)をふる音
――わが待つものの　遅きかな

第一日

そはわが戦場の最初の大行軍なりき
太別山の敵にむかひて
前線は既に河南省商城にあり
われの属する隊もそを追及せむと
安徽省六安を発しぬ
進発の第一日　陽はいまだ空に高きに
偶々に痢病めるわれはや独りおくれおくれて
大部隊の最後尾にあがる土煙さへ見失ひぬ
有(も)てる毛の襯衣　ハーモニカ　オカリナ
二三の書籍――その中にプラトンのパイドン篇の

ありしこといま思ひ出てをかしかり――
私物ことごとく路傍に捨てさりつ
十一月のことなりしに
しきりに赤蜻蛉の飛びゐしを
失はむとする意識のうちにも
不思議なるものに思ひしを　おぼゆるのみ

すでに命あやふきをさとりぬ
軍の過ぎゆきしのち
絶えず何処(いづこ)よりともなく道の端　家の蔭
さてはふと畑のなかに現れて
執拗にわれを見凝めてはなれざる
土民の目の色は　そを語れり
たふれむとしては幾たび
われもまた心決しつ
凌辱(はづかしめ)到らむときの　武夫(もののふ)がなすべきことを

突然　灼くるがごとき平手うち
つづけざま頬は感じぬ
げにいかにしてありける我ぞ
友軍の一下士官と二人の兵
黄昏(たそが)れし空気のなかに　わが目の前に立てりけり
救はむとして来れるひとに
直立し敬礼すれば
眼(まなこ)より涙あふれおち
——黙(もく)して従ひゆきぬ
かくていくばくの丘陵(をか)を越えけむ
二日の後の夕べ
辛うじて部隊とともに商城の街(まち)に入るを得れば
さながら鉄の烈しく錆びゆくにほひ
檐(のき)低き巷に満てり——われ初めて
血をかぎぬ

さて一年半　部隊は解かれつ

わが中隊の兵にして
われもつとも健かに運強かりし
二人のうちの一人なりきと言はば
君は果して信じ給ふや
――かく言ひ終りて　友はしづかに頬笑みぬ

七月二日・初蟬

あけがた
眠からさめて
初蟬をきく
はじめ
地虫かときいてゐたが
やはり蟬であつた
思ひかけず
六つになる女の子も

その子のははも
目さめゐて
おなじやうに
それを聞いてゐるので
あつた
軒端のそらが
ひやひやと見えた
何かかれらに
言つてやりたかつたが
だまつてゐた

なかぞらのいづこより

なかぞらのいづこより吹きくる風ならむ
わが家（いへ）の屋根もひかりをらむ
ひそやかに音変ふるひねもすの風の潮（うしほ）や

春寒むのひゆる書斎に　書よむにあらず
物かくとにもあらず
新しき恋や得たるとふる妻の独り異しむ

思ひみよ　岩そそぐ垂氷をはなれたる
去年の朽葉は春の水ふくるる川に浮びて
いまかろき黄金のごとからむ

羨望

昼寝からゆり起されて客を見にいつたら
年少の友人が独り坐つてゐた
みやげだと言つて貝殻や海の石をとり出して
かれの語るのをきくと
或る島から昨日帰つて来たのであつた

「自炊と海水浴で
勉強は何にもできませんでした」
勉強といふのは――かれは受験生であつた
「また　勉強してゐると
裏山で蟬がじつにひどく鳴き立てて
――蟬は夜明から　夜ふけにも鳴くのですね――
時にはあまりの事に木刀をひつ提げて
窓からとび出して行つた程でした」
この剣道二段の受験生は
また詩人志望者でもあつたので
わたしはすこし揶揄ひたくなつた
「蟬の声がやかましいやうでは
所詮日本の詩人にはなれまいよ」
といふと何うとつたのか
かれはみるみる赤い羞しげな表情になつて
「でも――それが迚も耐らないものなのです」
とひとりごとのやうに言つた

そのいひ方には一種の感じがあつた
わたしは不思議なほど素直に
――それは　迚も耐らないものだつたらう
しんからさう思へてきた
そして　訳のわからぬうらやましい心持で
この若い友の顔をながめた

山村遊行

しづかなる村に来れるかな　高きユーカリ樹の
香ぐはしくしろき葉をひるがへせる風は
はやさくらの花を散らしをはり
枝にのこりてうす赤き蕚のいろのゆかしや
迫れる山の斜面は　大いなる岩くづされてひかる見ゆ
その切石のはこばれし広き庭々に

しづかなる人らおのがじし物のかたちを刻みゐて
卯の花と山吹のはなと明るし
ふくれたる腹垂れしふぐり　おもしろき獣のかたちも
ふたつ三つ立ちてあり

あゝいかにひさしき　かかる村にぞかかる人らと
世をあり経(へ)なむわが夢
あゝいかにひさしき　黄いろき塵の舞ひあがる
巷に辛(から)くいきづきて
あはれめや
わが歌は漠たる憤りとするどき悲しみをかくしたり

なづな花さける道たどりつつ
家の戸の口にはられししるしを見れば
若者らいさましくみ戦に出で立ちてここだくも命ちりける

手にふるるはな摘みゆきわがこころなほかかり

庭の蟬

旅からかへつてみると
この庭にはこの庭の蟬が鳴いてゐる
おれはなにか詩のやうなものを
書きたく思ひ
紙をのべると
水のやうに平明な幾行もが出て来た
そして
おれは書かれたものをまへにして
不意にそれとはまるで異様な
一種前生（ぜんしやう）のおもひと
かすかな暈（めま）ひをともなふ吐気とで
蟬をきいてゐた

春浅き

あゝ暗(くら)と　まみひそめ
をさなきものの
室に入りくる

いつ暮れし
机のほとり
ひぢつきてわれ幾刻をありけむ

ひとりして摘みけりと
ほこりがほ子が差しいだす
あはれ野の草の一握り

その花の名をいへといふなり
わが子よかの野の上は

なほひかりありしや
目(め)とむれば
げに花ともいへぬ
花著(つ)けり

春浅き雑草の
固くいとちさき
実(み)ににたる花の数(かず)なり

名をいへと汝(なれ)はせがめど
いかにせむ
ちちは知らざり

すべなしや
わが子よ　さなりこは
しろ花　黄い花とぞいふ

そをききて点頭(うなづ)ける
をさなきものの
あはれなるこころ足らひは

しろばな　きいばな
こゑ高くうたになしつつ
走りさる　はははのゐる厨の方(かた)へ

百　千　の

百千(ひやくせん)の草葉もみぢし
野の勁き琴は　鳴り出づ
哀しみの
熟れゆくさまは

酸き木の実
甘くかもされて　照るに似たらん

われ秋の太陽に謝す

わが家はいよいよ小さし

耳原（みみはら）の三つのみささぎつらぬる岡の辺（へ）の草
ことごとく黄とくれなゐに燃ゆれば
わが家はいよいよ小さし　そを出でてわれの
あゆむ時多し

うつくしき日和つきむとし
おほかたは稲穂刈られぬ
もの音絶えし岡べは
たゞうごかぬ雲を仰ぐべかり

岡をおりつつふと足とどむとある枯れし園生
落葉まじりて幾株（いくかぶ）の小菊
知らまほし
そは秋におくれし花か　さては冬越す菊か

夏の終

月の出にはまだ間（ま）があるらしかつた
海上には幾重（いくへ）にもくらい雲があつた
そして雲のないところどころはしろく光つてみえた

そこでは風と波とがはげしく揉み合つてゐた
それは風が無性に波をおひ立ててゐるとも
また波が身体（からだ）を風にぶつつけてゐるともおもへた

掛茶屋のお内儀（かみ）は疲れてゐるらしかつた
その顔はま向きにくらい海をながめ入つてゐたが
それは呆（ぼん）やり牀几にすわつてゐるのだつた

同じやうに永い間わたしも呆やりすわつてゐた
わたしは疲れてゐるわけではなかつた
海に向つてしかし心はさうあるよりほかはなかつた

そんなことは皆どうでもよいのだつた
ただある壮大なものが徐（しつ）かに傾いてゐるのであつた
そしてときどき吹きつける砂が脚に痛かつた

蛍

かすかに花のにほひする
くらい茂みの庭の隅

つゆの霽れ間の夜の靄が
そこはかとなく動いてて
しづかなしづかな樹々の黒
今夜は犬もおとなしく
ことりともせぬ小舎の方
微温い空気をつたはつて
ただをりをりの汽車のふえ
道往くひとの咳や
それさへ親しい夜のけはひ
立木の闇にふはふはと
ふたつ三つ出た蛍かな
窓べにちかくよると見て
差しのばす手の指の間を
垂火逃げゆく檐のそら
思ひ出に似たもどかしさ

小曲

天空（そら）には　雲の　影移り
しづかに　めぐる　水ぐるま
　手にした　灯（ともし）　いまは消し
　夜道して来た　牛方と
　五頭の牛が　あゆみます

ねむたい　野辺の　のこり雪
しづかに　めぐる　水ぐるま
　どんなに　黄金（きん）に　光つたろ
　灯（ともし）の想ひ　牛方と
　五頭の牛が　あゆみます

しづかに　めぐる　水ぐるま
冬木（ふゆぎ）の　うれの　宿り木よ

しとしと　あゆむ　牛方と
五頭の牛の　夜のあけに
子供がうたふ　をさな歌

誕生日の即興歌

くらい　西の屋角(やすみ)に　飜筋斗(もんどり)うつて　そこいらに
もつるる　あの響　樹々の喚(さけ)びと　警むる　草のしい
つしつ　よひ毎に　吹き出(づ)る風の　けふいく夜　何(いづ)
処(こ)より来て　ああにぎはしや　わがいのち　生くる
いはひ　まあ子や　この父の為　灯(ともしび)さげて　折つて
来い　隣家(となり)の　ひと住まぬ　籬のうちの　かの山茶
花の枝　いや　いや　闇のお化けや　風の胴間声
それさへ　怖くないのなら　尤(とが)むるひとの　あるも
のか　寧ろまあ子　こよひ　わが祝ひに　あの花の
こころを　言はうなら「ああかくて　誰がために

咲きつぐわれぞ」　さあ　折つておいで　まあ子

自註　まあ子はわが女の子の愛称。私の誕生日は十二月十日。この頃、海から吹上ぐる西風烈しく、丘陵の斜面に在るわが家は動揺して、眠られぬ夜が屢々である。家の裏は、籬で隣家の大きな庭園につづいてゐて、もう永くひとが住んでゐない。一坪の庭もない私は、暖い日にはよくこつそり侵入して、そこの荒れた草木の姿を写生する。

『反　響』（抄）

これ等は何の反響やら

小さい手帖から

野の夜

五月の闇のくらい野を
わが歩みは
迷ふこともなくしづかに辿る
踏みなれた野の径（みち）を
小さい石橋の下で
横ぎつてざわめく小川
なかばは草におほはれて
――その茂みもいまはただの闇だが

水は仄かにひかり
真直ぐに夜のなかを流れる
歩みをとめて石を投げる
いつもするわが挨拶
だが今夜はためらふ
ながれの底に幾つもの星の数
なにを考へてあるいてゐたのか
野の空の星をわが目は見てゐなかつた
あゝ今夜水の面はにぎやかだ
蛍までがもう幼くあそんでゐて
星の影にまじつて
揺れる光も
うごく星のやう
こんな景色を見入る自分を
どう解いていゝかもわからずに
しばらくそこに
五月の夜のくらい水べに踞んでゐた

夕映

わが窓にとどく夕映は
村の十字路とそのほとりの
小さい石の祠（ほこら）の上に一際かがやく
そしてこのひとときを其処にむれる
幼い者らと
白いどくだみの花が
明るいひかりの中にある
首のとれたあの石像と殆ど同じ背丈の子らの群
けふもかれらの或る者は
地蔵の足許に野の花をならべ
或る者は形ばかりに刻まれたその肩や手を
つついたり擦（こす）つたりして遊んでゐるのだ
めいめいの家族の目から放たれて
あそこに行はれる日日のかはいい祝祭

そしてわたしもまた
夕毎にやつと活計からのがれて
この窓べに文字をつづる
ねがはくはこのわが行ひも
あゝせめてはあのやうな小さい祝祭であれよ
仮令それが痛みからのものであつても
また悔いと実りのない憧れからの
たつたひとりのものであつたにしても

雲雀

二三日美しい晴天がつづいた
ひとしきり笑ひ声やさざめきが
麦畑の方からつたはつた
誇らしい収穫の時はをはつた
いま耕地はすつかり空しくなつて

ただ切株の列にかがんで
いかにも飢ゑた体つきの少年が一人
落ち穂を拾つてうごいてゐる

と急に鋭く鳴きしきつて
あわただしい一つの鳥影が
切株と少年を掠める　二度　三度
あつ雲雀——少年はしばらく
その行方を見つめると
首にかけた袋をそつとあけて
中をのぞいてゐる

私も近づいていつて
袋の底にきつと僅かな麦とともにある
雲雀の卵を——あゝあの天上の鳥が
あはれにも最も地上の危険に近く
巣に守つてゐたものを

手のひらにのせてみたいと思ふ
そして夏から後(のち)その鳥は
どこにゐるのだらうねと
少年と一緒にいろいろ雲雀のことを
話してみたく思ふ

訪問者

トマトを盛つた盆のかげに
忘れられてゐる扇

その少女は十九だと答へたつけ
はじめてひとに見せるのだといふ作詩を差出すとき
さつきからの緊張にすつかりうけ応へはうはの空だつた
もつと私が若かつたら
きつとそれを少女の気随な不機嫌ととつたらう
或はもすこし年をとつてゐたなら

かの女の目のなかで懼れと好奇心が争つて
強ひて冷淡に微笑しようと骨折るのを
耄碌した老詩人にむける憐れみの目色(めいろ)と邪推したらう

いま私は畳にうづくまり
客がおいていつたノート・ブックをあける
鉛筆書きの沢山の詩
愛の空想の詩をそこによむ
やつと目覚めたばかりの愛が
まだ聢(しか)とした目あてを見つける以前に
はやはげしい喪失の身悶えから神を呼んでゐる
そして自分で課した絶望で懸命に拒絶し防禦してゐる
あゝ純潔な何か

出されたまゝ触れられなかつたお茶に
もう小さい蛾が浮んでゐる
生涯を詩に捧げたいと

少女は言つたつけ
この世での仕事の意味もまだ知らずに

詩作の後

最後の筆を投げ出すと
そのまゝ書きものの上に
体(からだ)をふせる
動悸が山を下つて平地に踏み入る人の
足どりのやうに
平調を取り戻さうとして
却つて不安にうちつづける
窓を開け放つた明るい室内に
いつの間にか電燈が来てゐる
目はまだ何ものかを
見究めようとする強さの名残にかがやきながら

意味もなくそれを見てゐるうちに
瞳は内なる調和に促されて
いつか虚ろになつて
頭脳を孤独な陶酔が襲つてくる
庭一杯に茂り合つた
いろんな植物の黒ずんだ葉の重り(かさな)や
花の色彩(いろどり)が
緻密画のやうに鮮やかに
小さく遠のいてうつる
やがて夜の昆虫のむれが
この窓をめがけて
にぎやかに飛び込んで来るだらう
瞼がしづかに垂れる
向うの灌漑池では
あのすこやかに枯れきつたいつもの老農夫が
今日も水浴をしてゐる頃だらうか
濃いい樹影が水に浸るやうに

睡りにふかく沈んでゆく

中心に燃える

中心に燃える一本の蠟燭の火照に
めぐりつづける廻燈籠
蒼い光とほのあかい影とのみだれが
眺め入る眸　衣（ころも）　くらい緑に
ちらばる回帰の輪を描く
そして自（みづか）ら燃えることのほかには不思議な無関心さで
闇とひとの夢幻をはなれて
蠟燭はひとり燃える

夏の終り

夜来の颱風にひとりはぐれた白い雲が
気のとほくなるほど澄みに澄んだ
かぐはしい大気の空をながれてゆく
太陽の燃えかがやく野の景観に
それがおほきく落す静かな翳(かげ)は
……さよなら……さやうなら……
……さよなら……さやうなら……
いちいちさう頷く眼差のやうに
一筋ひかる街道をよこぎり
あざやかな暗緑の水田(みづた)の面(おもて)を移り
ちひさく動く行人をおひ越して
しづかにしづかに村落の屋根屋根や
樹上にかげり
……さよなら……さやうなら……

……さよなら……さやうなら……
ずつとこの会釈をつづけながら
やがて優しくわが視野から遠ざかる

帰　路

わが歩みにつれてゆれながら
懐中電燈の黄色いちひさな光の輪が
荒れた街道の石ころのうへをにぶくてらす
よるの家路のしんみりした伴侶よと私は思ふ
夜（よる）ぢゆう風が目覚めて動いてゐる野を
かうしてお前にみちびかれるとき
いつかあはれなわが視力は
やさしくお前の輪の内に囚はれて
もどかしい周囲の闇につぶやくのだ
――この手の中のともしびは

あゝ僕らの「詩」にそつくりだ
　自問にたいして自答して……それつきりの……
光の輪のなかにうかぶ轍は
昼まより一層かげ深くきざまれてあり
妖精めくあざやかな緑いろして
草むらの色はわが通行をささやきあつた

路　上

牧者を失つた家畜の大群のやう
無数の頭を振り無数のもつれる足して
路上にあふれる人の流れは
うづまき乱れ散り
ありとある乗りものにとりついて
いまわが家へいそぐ
わが家へ？

いな！　いな！　うつろな夜の昏睡へ
ただ陽の最後の目送が
彼らの肩にすべり
気附かれずバラックの壁板や
瓦礫のかどに照る
そして向うに大川と堂島川がゆつたりと流れる
私もゆつくり歩いて行かうと思ふ
そして何ものかに祈らずにはをられない
――われに不眠の夜をあらしめよ
――光る繭の陶酔を恵めよ

都会の慰め

商人らは映画を見ない　　夕方彼らは
たべ物と適量の酒と冷たいものをもとめる
事務所で一日の勤めををへたわかい女が

まだ暮れるには間のある街路をあゆむ
青葉した並木や焼跡ののびた雑草の緑に
少しづつ疲れを回復しながら
そしてちらとわが家の夜の茶の間を思ひ浮べる
そこに帰つてゆく前にゆつくり考へてみねばならぬ事が
あるやうな気がする
それが何なのか自分にもわからぬが
どこかに坐つてよく考へねばならぬ気がする
大都会でひとは何処でしづかに坐つたらいゝのか
ひとり考へるための椅子はどこにあるのか
誰にも邪魔されずに暗い映画館の椅子
じつと画面に見入つてゐる女学生や受験生たち
お喋りやふざけ合ひから——お互の何といふことはない親和力から
やつとめいめいにひとりにされて
いぢらしい横顔　後姿
からだを資本の女達もまたはいつてくる
岸の崩れた掘割沿ひの映画館　かれらはそこで

暮れ切るまでの時を消す
暗いなかでもすぐに仲間をみつけて
何かを分け合つては絶えず口に入れる
かれらは画面にひき入れられない　画面の方が
友人のやうにかれらの方に近よつて来る
そしてかれらは平気で声をあげてわらふ
事務所づとめのわかい女は
かすかな頭痛といつしよに映画館を出て来る
もう何も考へることはなくなつてゐる
また別になんにも考へもしなかつたのだ
街には灯がついてゐて
彼女はただぼんやりと気だるく満足した心持で
ジープのつづけさまに走りすぎるのをしばらく待つてから
車道を横ぎる

凝視と陶酔

早　春

風がそこいらを往つたり来たりする。
すると古い、褐色の、ささくれた孟宗の葉は、
一頻り騒めかうと気負うてみるが、
ひつそり後はつづかない。

犬は毛並に光沢があり、何も覓めていない癖に、
草の根かたなど必ず鼻先をもつてゆく。
が忽ちその気紛れが、馬鹿らしく、
あちらの方へ行つて仕舞ふ。

梨？　桃？　藪の空地に、それは何の花か、知らない。
早過ぎた憐れな白い花を見て、

ひとはふつと自分のすごして来た歳月に、
或る気懸りな思ひが、してくる。

空は一面うそ寒く、陰（かげ）つてゐるのだが、
誰れも太陽の在処（ありか）を気にしない。
ただ、樹々に隠された小道のうへの、水溜りが、
不思議な空気の明るさの鏡。

金星

河原にちらばる　しろい稜石（かどいし）をながめる人の　目のやうに
陽のすべりおちた　夕べの空はいつまでも明るく　わたし
　を眺め入る
そのあかるさの河床（かはどこ）に　大川のあさい水は　無心に蜘蛛手
　にながれ

樹々はとり囲む垣に似てつらなり　とほく退いて　自ら暗くなつた
ひとり金星が　樹々の影絵のはるかうへに
ゆらゆらと光りゆれながら　わたしを時間のうちへと目覚めさす

そんなに凝視めるな

そんなに凝視めるな　わかい友
自然が与へる暗示は
いかにそれが光耀にみちてゐようとも
凝視めるふかい瞳にはつひに悲しみだ
鳥の飛翔の跡を天空にさがすな
夕陽と朝陽のなかに立ちどまるな
手にふるる野花はそれを摘み
花とみづからをささへつつ歩みを運べ

問ひはそのままに答へであり
堪へる痛みもすでにひとつの睡眠(ねむり)だ
風がつたへる白い稜石(かどいし)の反射を　わかい友
そんなに永く凝視(みつ)めるな
われ等は自然の多様と変化のうちにこそ育ち
あゝ　歓びと意志も亦そこにあると知れ

反響以後

明るいランプ

わたしたち何故今まで考へなかつたのでせう
ランプのこと

どこでもランプを使つてゐるのね
少女は急に熱心に母の方にいひかけて
ちらと青年の顔を見る

（学校を卒へた青年に
けふ電報が来て
田舎の両親は早く帰つておいでといつてゐる）

ローソクのゆれる火影に
母親は娘を見　それから青年を見る

よくお店で売つてゐるわね反射鏡のついたランプ
あすあれ是非買ひませうよ
あかるいわよきつと
だまつてローソクの芯をつついてゐる青年を
今度はまつすぐに見て少女はいふ

（明晩もうひと晩
青年がここに泊つて
反射鏡づきの
その明るいランプを見てゆくことを
作者は祈る）

小さい手帖から

一日中燃えさかつた真夏の陽の余燼は
まだかがやく赤さで
高く野の梢にひらめいてゐる
けれど築地と家のかげはいつかひろがり
沈静した空気の中に白や黄の花々が
次第にめいめいの姿をたしかなものにしながら
地を飾る
こんなとき野を眺めるひとは

音楽のやうに明らかな
静穏の美感に眼底(がんてい)をひたされつつ
この情緒はなになのかと自身に問ふ
わが肉体をつらぬいて激しく鳴響いた
光のこれは終曲か
それともやうやく深まる生の智恵の予感か
めざめと眠りの
どちらに誘ふものかを
誰がをしへてくれることが出来るのだらう
——そしてこの情緒が
智的なひびきをなして
あゝわが生涯のうたにつねに伴へばいい

野の樫

野にひともとの樫立つ

冬の日の老いた幹と枝は
いま光る緑につつまれて
野の道のほとりに立つ
　往き還りその傍らをすぎるとき
　あかるい悲哀と
　ものしづかな勇気が
　ひとの古い想ひの内にひゞく

露骨な生活の間を

毎日夕方になると東のほうの村から
三人の親子のかつぎ屋が
駅に向つてこの部落をとおる
母親と十二、三歳の女の子と
まだ十になつたとも思われぬ男の子だ
めいめい精いつぱいに背負い

からだをたわませて行くかれら
ずん〳〵暮れるたんぼ道を
かれらはよく小声をあわせてうたつていく
そのやさしくあかるい子供うたは
いちばん小さい男の子をいたわり
またみんなをはげまして
小声の一心な合唱が
うず高い荷物の一かたまりからきこえる

それは露骨な生活の間を縫う
ほそい清らかな銀糸(ぎんし)のように
ひと筋私の心を縫う

(いまどんなお正月がかれらにきているか)

雷とひよつ子

あけがた野に雷鳴がとどろいた
野にちらばる家々はにぶく振動し
北から南へ
かと思ふと又東から西へ
冬を追ひやる雷鳴が
繰返しあけがたの野にとどろいた
ただ童子だけが
その寝床に目ざめなんだ
朝それで童子が一等はやく起出した
鳥屋(とや)では丁度そのとき
十三匹のひよつ子が
卵から喙(くちばし)を突きだすところだつた
金いろのちつちやな春が
チチチチチと誕生してゐた

ただ童子のほかは
だあれもそれを見なんだ

子供の絵
――疎開地に住みついて――

赤いろにふちどられた
大きい青い十字花が
つぎつぎに一ぱい宙に咲く
きれいな花ね　沢山沢山
ちがふよ　おホシさんだよ　お母さん
まん中をすつと線がよこぎつて
遠く右の端に棒がたつ
あゝ野の電線
ひしやげたやうな哀れな家が
手前の左の隅つこに
そして細長い窓が出来　その下は草ぼうぼう

坊やのおうちね
うん　これがお父さんの窓
性急に余白が一面くろく塗りたくられる
晩だ　晩だ
ウシドロボウだ　ゴウトウだ
なるほど　なるほど
目玉をむいたでくのばうが
前のめりに両手をぶらさげ
電柱のかげからひとりフラフラやつて来る
くらいくらい野の上を
星の花をくぐつて

夜の停留所で

室内楽はピタリとやんだ
終曲のつよい熱情とやさしみの残響

いつの間(ま)にか
おれは聴き入つてゐたらしい
だいぶして
楽器を取り片づけるかすかな物音
何かに絃(げん)のふれる音
そして少女の影が三四(さんし)大きくゆれて
ゆつくり一つ一つ窓をおろし
それらの姿は窓のうちに
しばらくは動いてゐるのが見える
と不意に燈(ひ)が一度に消える
あとは身にしみるやうに静かな
ただくらい学園の一角
あゝ無邪気な浄福よ
目には消えていまは一層あかるくなつた窓の影絵に
そつとおれは呼びかける
おやすみ

無題

だあれもまだ来てゐない
机も壁もしいんとつめたくて
部屋の隅にはかげが沈んでゐる
じぶんの席にこしかけて
少女は机のうへの花瓶の花に
さはつてみる
時計が誰のでもない時をきざむ
何とはなしに手洗所にいく
そこのしろい明るさのなかに
じぶんの顔がかがみの奥にゐて
素直にこちらを見る
そのかほをガラス窓につけると
大川が寒い家並の向ふで
こいい靄をたてて

こぶこぶの鈴懸の列が
ねむたさう
ふいに「春が来るんだわ」
とわけもなく少女は思ふ
すると
くすんとそとの景色がわらつて
ビルのその四階の窓へ
めくばせした
そして一帯に朝の薄陽が射す

寛恕の季節

まず病者と貧者のために春をよろこぶ
下着のぼろの一枚をぬぐよろこびは
貧しい者のこころにしみ
もつとものぞみのない病人も

再び窓の光に坐る望みにはげまされる
国立病院の殺風景な広い前庭には
朝を待ち兼ねて
ベンチの陽にうずくまる人を見る
ぐる〳〵ぐる〳〵駅前の焼跡の一画を
金輪をまわし際限もなくめぐる童子
金輪は忘我の恍惚にひかつて
行きすぎる群衆の或る者を
ふとやさしい微笑に誘う
よごれた鷗が飛ぶ　のろく橋をくぐつて
街の運河のくさい芥の間に餌を求め
やがて一ところに来て浮ぶ四羽五羽
水に張り出したバラックの手摺から
そつちに向けて二人の若者が
トランペットの練習をしている
不揃いの金属音の響きは繰り返し
この寛恕の季節のなかを人々は行き交う

そして遠く山間や平野の隅々に
まだ無力に住み残つた疎開者たちは
またも「模様」を見に
もとの都会に一度出かけてみようと思う

長い療養生活

せんにひどく容態の悪かつたころ。
深夜にふと目がさめた。私はカーテンの左のはづれから
白く輝く月につよく見つめられてゐたのだつた。
またもめさめる。矢張りゐた。今度は右の端に。
だいぶ明け方近い黄色味を帯びてやさしくクスンと笑つた。
クスンと私も笑ふと不意に涙がほとばしり出た。

倦（う）んだ病人

夜ふけの全病舎が停電してる。
分厚い分厚い闇の底に
敏感なまぶたがひらく。
（ははあ。どうやら、おれは死んでるらしい。
　いつのまにかうまくいつてたんだな。
　占めた。ただむやみに暗いだけで、
　別に何ということもないようだ。）
しかしすぐ覚醒がはつきりやつて来る。
押しころしたひとり笑い。次に咳き。

拾遺詩篇より

空の浴槽

午前一時の深海のとりとめない水底に坐つて、私は、後頭部に酷薄に白塩の溶けゆくを感じてゐる。けれど私はあの東洋の秘呪を唱する行者ではない。胸奥に例へば鷲叫する食肉禽が喉を破りつゞけてゐる。然し深海に坐する悲劇はそこにあるのではない。あゝ彼が、私の内の食肉禽が、彼の前生の人間であつたことを知り抜いてさへゐなかつたなら。

野茨の花

お前の社交の時は
了つた
日光の正餐はもう
お前にずつと　遠い
夕霧の茂みの傍を
今は
傾聴で歩いてみたり
聖孤独の祈りを
したりすればいゝ　お前は

夕　顔

妻よ　夕顔のことを話すのを
廃よさう
僕等の言葉は未だ
この花の霊白な理智の

目覚め切るのに
ほんたうの薄暮でない

父祖の肖像

父祖の肖像を
食堂の壁に懸けて　私は
とりかへせぬ過をした
晩餐の　漾ふ様に暗いのは
窓から入つた外の闇であらうか

不確な手許に堪へ
私の家族は　誰一人もう
灯に立たうとしないのは
食物の楽しいからであらうか

並木

並木道を　私の過ぎたがるのは
私は　挨拶好きな樹木だからだ

事物の本（抄）

浅く潜まり未だ冷やかな雲の、どうしてかう道に誘ふのか。　花らを、期待の中で準備さするのか。

とき放て、とき放て、朝の風の命ずる場所にゆけ。　従順な決心が真に欲ばしい。

私は静かに歩るき出した。　白い花環を編むために、独りごとする為にけれど時々私は道に踊む。

古樅の白い膚に光り青苔は完く目覚めてゐた。かすかな共感にたよりながら細流は其の下を流れた。

私はお前に逢ふ、太陽は近い湖のざはざはする岸で。其処に航路を始めてゐる舟らを、離れて楽しい気がかりで眺める。

雨が洗つた十月の森の道よ。　私を超ゆる言葉はないか、其の花季(どき)よりも尚ほかぐはしいお前の枝らの様に。

私は物の間で目覚める。朝はまはりに響

きだし、物の高さの処へ爽やかな風が私を翹げる。

陽の耀く中をゆき、まもるべき自分はないのを発見する。私の手にふれたがる道の花らを触れながら、私は林を進む。

この蒼空の為めの日は、静かな平野へ私を迎へる寛やかな日はまたと来ないだらう。そして明日も蒼空は明けるだらう。

静かなクセニエ（抄）

脚韻

新しい雪が白い鳥になつて

（よせばよいのに）
朝のシガーを吹かして居る
松の疎林にとまつて

軽　薄

私は其のまはりに
正しい花園を拵え上げ
美しいフォンテーヌを
自分のものにした

動物園で

林沢の事を考へて
静かに睡くなつて居ると
声が
鵞鳥！　鵞鳥あるきをしてみろ
私ははつと起つて
不覚にもすぐ鵞鳥歩きを

始めた

飛行機

花辛夷の影で　あゝ僕は飛行士でなくなつた

山中で　三編

霜柱のピカ〳〵光り出した坂径を　谷間へ
走る野兎　谷には鮮しい翳りがある　私の
臆病な悦びも　急げ　丁度身丈に合ふ輪光
を　貫へるやうに

＊

私の足音に驚きながら
山鳥め
美しい羽色を見せびらかす

＊

私を待つ者よ　お前は笑ひ　隠るゝが
私は其処の林から

小鳥を皆んな呼び寄せて
歓んで居るお前をさびしがらせよう

入市者

なまあつたかい風の午後
星は梢に未しかつた。
（つい新しく市長がかはり）
門限のルーズになつた
市の公園のあつちこつち、
茂みや小径や池のほとり
二三の家族、恋人ら
男同志が、
食べものの一つ袋をおしやつたり、
現在（いま）のかはりに希望を囁き
それで自身に納得し、

相手の不幸を慰めては
自分の懼れを気づかれまいと
気だるい顔で骨折つてゐる。
そんな時、れいの男はやつて来る
放浪の幾十番めかのこの市に。
（構はれず）落ちつき払ひ
ギラギラと目は輝き
踵に泥をくつつけて……。
誰もが彼を見なかつた。
しかし誰も心底かれを識つてゐて、
ただほんのり明るい場所で
時き弁へぬ噴水の
しつし　しつしとよぶ方に
（ああ心外な、調子者！）と
あらぬ目著きを投げてゐた。

拒絶

荒れにし寺井のほとり
白き石の上に坐り
多くの時をわれは消しぬ
意味ありげなる雲浮び
草は茎高く黙し……
またも夏の来れるさまを見たり
わが胸を通らずなりしのち
しかく尚わが目にうつり
四季のめぐり至るは何ゆゑぞ
万物よはやわれに関はるなかれ
隠井の井水はあへて
汝らを歌ふことはあらじ

日　記　抄

昭和二十年

八月

二十八日　この日は夏樹の第二回目の誕生日。二時半頃学校から帰る。昨夜は学校に、・昨夜は昭和起重機会杜の寮（帝塚山）の岡田君のところに泊つたのである。五目ずしや羊かんをこしらへる。夏樹の祝に。五目ずしは配給のサケの缶詰で、羊かんは配給のザラメ砂糖――これは半年振以上の配給であつた――が少しあつたのを使つた。夏樹はひとりで立上つて、手をたたいたり、二足三足ヨチヨチして、尻餅つく程度になつてゐる。このごろは、よく積木細工を、積んではこはして、大きな声でとつてつけたやうに笑ふ。二、三日前から米機が屋根をスレスレと思はれるやうな低空で飛び廻る。子供らはそれを見て騒ぐ。夏樹も真似てビー（B）といふ。するとB29と云つてると云つてまき子やきよみちゃんが面白がる。二十六日は厚木を中心に敵の東京周辺進駐の日であつたが、暴風雨のため、今日がその日である。米軍一万七千五百といふ。きよみちゃんがおしろい花をつんで持たすと、きよみちゃん嫌ひの夏樹がいつもに似ず大へん大人しくだつこされてゐる。このごろは電車ずゐぶん混んで到底朝の出勤時間に間に合はぬので、学校に泊ることにしてゐる。一時間一回の発車で、しかもくる車来る車が大満員で、連結のところは勿論、窓にも腰かけ、腰をかけるところには皆立ち上つてそれでも身動きも出来ない。屋根の上に上る者さへある。うつかりすると三時間も駅で待たされることがある。さうしてのつて、半死半生の態で目的駅でおろされる時はぐつたりなつてしまつてゐて、一日何も出来さうにもない程だ。このごろの食事、朝ジャガイモ三個位。ひるは大豆の粉だんご。夜、一合足らずの米にジャガイモ入れたもの。おかずはなすび、かぼちゃなど。夏樹もほぼこれらの大人の食事と同じものである。夏樹はジャガイモが大すき。両手に一つづつ持つておいしさうにたべる。米よりも好き。それにトマト。舌鼓をうつてたべる。

先日から急に配給が多くなつた、米軍の進駐を前にしていろんな事情で前に配給をしておくのらしい。缶詰――サケ、肉各一人に三箇づつ六箇。砂糖――一人に四十匁。

皆の云ふ言葉「これが勝つて貰ふのであつたらどんなにうれしいだらう」。

昨夜は夕方から庄野君宿直室に来訪。二、三日前除隊になつた由。房総牛島で部下約百名を使つて、砲台を建設してゐた由、その苦労と、愉快を物語つて、敗戦のことに及んで声をのむ。まだ横須賀にゐた頃、林、三島他一名と佐藤春夫氏を訪問した時のことを語る。佐藤氏は長野県へ疎開の直前で、家は混雑してゐた中で、ウヰスキーをのみながらにぎやかに喋り、皆記念に短冊かいて貰つたさうな。林君は「一時帝都を脱去するも文学のことは林富士馬に一任す」といふ意味の言葉。庄野君は「雪・ほたる」がいい作品であるといふことを書いて下さいと註文すると、「雪・ほたるは優秀なる作品なること実証也佐藤春夫先生」とあつた由。煙草を庄野君がくれて、四、五日ぶりにのんで甘かつた。帰りに門まで送つて行つたら、「中尾先生がゐなかつたら、もつと話すことがあつたのですが——お嫁さんのことや、いろいろロマンチックなこと」。僕曰く「もう四、五度の会談で徐々に承りませう」。

庄野君の来る前斎田が来て、九月一日に是非京都に来て下さい。御馳走の用意がこれこれしてありますと云ふ。又未知の青年が宿直室に来て、軍服を着て軍隊口調で、前々からお訪ねしようと思つてゐましたがやつと二、三日前除隊になり早速お伺しました次第です、詩の御指導をお願ひいたしますといふ。いかにも実体な青年である。道頓堀の生菓子屋の息子で、神宮皇学館の大学部一年生の由。二時間ばかりゐる。煙草をくれる。

二十九日　この日も学校に泊る。日に米一合、いり大豆若干、ジャガイモ等。風呂を焚いてゐると、四年から予科練に行つた六級の某（名前失念）が来て、「こんなことになつてすみません」と直立しながら涙を浮べて云ふ。こちらも何と云つていいかわからない。少しですがといつて煙草を四本くれる。この日学校で、シャツ、ズボン各々二枚づつ配給になる、南方原住民に送るべかりしものである。同僚ら喜ぶ。各々十円づつである。同僚ら宿直室に集つて、食糧の前途不安をしきりに云ふ。食べ物のことはあまり云はぬがよからうと、自分はたしなめる。志を何かに立つれば、空腹もしばしは忘れるであらうといふ。

三十日　米田君外国文学研究の必要を云ふ。

岡君来訪、このごろ携はつてゐる内海掃海のことを喋り、又日本が徹底的な敗戦であつたことを言ふ。各々自分に一番似たことばかりを喋る。沖君例のごとく日本非神国論を云ふ。

夜になると宿直室の前の桐の木に何百と知れぬ雀がねに来る。時々急に騒ぎ立つて丁度驟雨のやうな音を立てる。蜩がなく。又せみ、大きな蛾が、火を慕つて飛びこんで来て、蚊帳につき当る。長い間季節の推移を忘れて暮してゐたことを思ふ。

昨夜暗い防空用電球を大きな明るい球にかへておいたらもう今朝は盗られてゐる。街も電車も中々明るくならない。五千箇も電車には電球が配給されたらしいが、高野線などは一箇も電球つけずに、その中で恐ろしい程の大混雑を演じながら走るのである。昨夜はほんたうに久しぶりに大きな電球で気持よかつたのに。

昨日廊下の窓枠のところで赤地に黄色い星三つの襟章を拾ふ。

このごろ学校は朝の内三時間、それも大抵は焼跡整理か自習。花子、まき共に隔日登校なり。

世相は、初め暴行と掠奪をおそれてゐたが、新聞の説明で、この数日は専ら食糧不安による個人生活の憂慮のみである。

それまで毎夜のやうに一機づつ来ては爆弾を投下してゐたB29は三月十三日の夜から十四日の朝にかけて大挙空襲して大阪中央の大半を焼払ふ。森井の家も焼け、ふじ子さんをその二、三日後わが家にひきとる。七月十日の一時半頃より約二時間にわたつて堺を焼払ふ。この日類焼でわが家焼ける。りつと二人でゐた。書籍の全部を失ふ。『コギト』『四季』友人らの署名入りの著書皆失ふ。昭和に於ける約十年間の友人らの文学運動の記念品であつたのに、惜しまれる。

三月の末丹上に疎開したまき、花、夏、ふじ子ら四月十五日菅生に移る。堺が焼けた夜、花、りつと、三人で持出した荷物リヤカーにつんで菅生に行けば十二時近かつた。

十四日りつ諫早に帰る。

三月十日東京の本格的空襲初まつてから約五ケ月の間に大中の都市殆ど灰燼に帰す。

八月十四日は高田アルミに出てゐた、正午頃百二、三十機で大学空襲があつた。このあたりから津守にかけての工場地帯が最後まで残つてゐたので、いよいよ今日こそはここが目標であると思ひ、壕に伏せてゐると爆音は真上を通りすぎた。造兵工廠がやられたのであつた。

数日前から心臓ひどく圧迫を感じて痛み、脈搏時々乱れるので、十五日は休養してゐた。高岡の西のおばあさんが来て、今日正午天皇陛下御自らの放送があるといふニユースがあつたと云つた。門屋の庘のラヂオで拝聴する。ポツダム条約受諾のお言葉のやうに拝された。やうにといふのはラヂオ雑音多く、又お言葉が難解であつた。しかし「降伏」であることを知つた瞬間茫然自失、やがて後頭部から胸部にかけてしびれるやうな硬直、そして涙があふれた。近所の人々は充分意味汲取れぬながら、恐ろしい事実をきいたことを感知して黙つてつき立つてゐた。国民誰もが先日の露国参戦に対する御激励の御言葉をいただくものと信じてゐたのであつた。先日の露国の国境侵入の報知をきいた時、国民は絶望を、歯くひしばつた心持でふみこらへてゐたのであつた。高岡先生は自暴自棄的な言葉を吐いて口惜しがられる。それから、ぞくぞく兵隊の帰郷の様をきいたり、見たりして、その心中はどうであらう。兵隊らは、毛布や煙草や米などを大きい包みにして家に帰つて来る。

夕方十五期の大野来校、海軍飛行少尉。チモール、ニューギニヤ等で戦つた後二、三ケ月前から台湾高雄にゐた。約三千名に五機。十八日になつて降伏のことはつきりせず、デマと皆思つてをつた。そこで、最後の特攻に出ようといふので、上官の許しを得て三機で鹿屋に来て見れば、兵が二十名位居るばかりでガランとしてゐる。士官、下士官のことをきいてみると「もう誰も居られません」といふ。台湾からわざわざ持つて来たバナナも地方(ママ)にやつてしまつた。そこで練習機を貰ひ一昨日明石についたところです。途中よく無事だつたねといふと、散々射撃をうけましたと答へる。家も罹災してゐるので泊るところも食事もないらしかつたから、丁度炊いてゐたカボチャと大豆を半分わけ、自分は起友寮(昭和起重機寮)にとまりにゆく。酒、サケの缶詰、さつまいもなどで海野君もてなして呉れる。

三十一日　北海で最近戦死した(掃海艇)長野正の父色紙とりに来る。困つた。即席で、「こころ優しき益良夫の君が思出はわが胸の筐に枯るる時あらざらむとはに八月尽伊東静雄」と書いて渡す。

毛利の家にお礼(罹災見舞の)にゆき北野田に帰る。乾パン、氷砂糖等配給あつてゐてうれし。

花子、耳底の辺痛んでものも云ひたくなささう。疲労のつもつたせいであらう。

一日中雨。

十五日陛下の御放送を拝した直後。

太陽の光は少しもかはらず、透明に強く田と畑の面と木々とを照し、白い雲は静かに浮び、家々からは炊煙がのぼつてゐる。それなのに、戦は敗れたのだ。何の異変も自然におこらないのが信ぜられない。

昭和二十一年

八月

一日　盛夏の感。朝八時半頃から一同大阪に出かける。キャンデーを食べ、松竹には入る。一寸も面白くないので、途中で出る。夏樹いつになく機嫌わるくめそめそして無理を云ふ。

映画は一人十円、クリームは八円、キャンデーは五円、電車賃は萩天―ナンバ往復十三円。

夜はリルケで独逸語の練習。夕方、米を蔭乾し、虫退治。盛夏、日光キラメク。

二日　盛夏。朝、麦の虫退治。オバチャン、大和に出かける（衣類貰ひに）。夜、白米久しぶりにたべる。夕方、麦の虫退治。北海道の『至上律』送り来る。よろこんでよむ。

三日　盛夏。外を見ると目がくらむ。朝夕、麦の虫退治。花子松の丸太で足のうらを怪我。

塚本一、創元社、長江道太郎から来信。長江氏宛『詩人』の原稿七篇うつす。

まき子今年の初めての海水浴、先生につれて行つて貰つたのである。夕方五時すぎ帰る。

昨夜から表で一人ねる。

麦には驚くほどの虫。

夜、ナンキン（自家産）、ナスビ、ジャガイモの煮付。トマト（自家産）、キウリ（自家産）のスのもの。米二合、麦二合。このごろ夜は貰ひもの（樋上）のウヰスキー。

昨日は田中克己君から葉書、中島君の『詩人』原稿の件。『炉』の原稿の催促の件。

夕方となりのラヂオが、ハレルヤコーラスをやつてゐる。自分もあんなに「響き合ふ」詩書きたいと思ふ。

夜の炊事、畑の水やり、共に花子に代つてやる。配給のなす（一貫目位）もとりにゆく。

この頃暑さのためか、夏樹食少し、晩などは殆どたべぬ。米よりもパン類（パンと云つてもタウモロコシとめりけん粉半々でつくつた味ないもの）を喜ぶ。夏樹夜はすぐ寝る。今日はいつもの様に電車ごつこ。外に今日初めて琴を壁に立てたまま爪でひく。勿論出たらめだが案外にいい音たてる。まつぱだかのいたづら小僧がひいてゐるものとは思へないのがをかしい。バケツで水遊び。このごろ歌ふ歌、「雨はしづかにふーる」。

夕方、はだかで皆表の間に腰かけ、一緒に一番星を見る。家庭の幸福を感ずる。子供ら早くねる。十一時半まで、リルケの勉強。

四日　朝涼し。午後目のくらむやうな盛夏。花子の足だいぶよろし。麦の虫退治。炊事。水かけ等やる。連日の虫退治でやや疲労の気味、花子は押入の整理。

朝、ウドンを作る。

ひる、御飯と牛肉の煮付。

夜、肉汁と御飯の残り。

子供ら、ナンバのセンベイを註文して、甘がつてたべてゐる。

夕方生徒井上の母来、サウメン十五束、桃五箇くれる。南アマベで盆踊の稽古の太鼓きこゆ。子等二人大喜びで出かけてゆく。

夜十時半までリルケの勉強。

まき子は明日寺沢にゆく交渉を花子にしてる。

月大きくまるい。池の辺まで散歩。

『ヘンリ・ライクロフトの私記』中の句（この日記帳の前方の頁にあり）この夕方からしきりに思ひ出され、非常によくわかつた。詩といふものの意味がはつきりしたやうに思はれてうれしかつた。そして静かな充実した力を感じた。感謝する。

五日　盛夏。花子足の痛みつよし。日直に当つてゐたので学校にゆき、中村先生に交代をたのむ。夏樹も一緒につれてゆく。午前中も一度村役場までゆく。衣料の配給。然しくじに当らず。午前中と夕方麦の虫退治。午後まき子、茄子など持つて寺沢にゆく。泊る。

夕はひやざうめんして食べるが、おいしくない。今日はなんだかつかれたやう。気がいらいらする。花子に按摩してもらふ。

リルケは夜、『ヘルダーリン頌』を一篇よんだだけ。

六日　午前中日光強いが、風出て爽涼、夕方から嵐の気味になる。

午前中リルケの勉強。虫退治。

午後、配給物（メリケン粉七キロ—七十二円、子供のパンツ—十一円）とりにゆく。夏樹と風呂にゆく。帰ればまき、房子、花子の姉ら来てゐる。ひどく疲労し、力尽きた感じ。夜子供等は盆踊り見物。自分は隣組の寄り合ひ。

一晩中、ねにくくて苦しかつた。

七日　盛夏去りつつあるを覚ゆ。夜半風雨。午後房子母子帰る。

夜疲れて、リルケ一篇。

午後二時頃庄野君来訪、五時頃帰る。駅まで送る。『光耀』三号持参。

八日　盛夏去りゆくを覚ゆ。

早朝から大掃除。花子足の怪我全快せぬため、難渋の体。午後二時桜井氏遺骨を隣組の人と一緒に出迎へのため萩天まで（このころまでに大掃除大半終了）。

五時から今井村法雲寺――禅宗古刹――に遺骨を送る。野を通つて帰りながら晩夏を感ず。

午後三時頃、花子のもとの生徒前田さん、赤ちゃんをつれて夏の見舞に来る。キウリをくれる。

お寺に遺骨を送る行列についてきながら夏樹一緒にゆくとせがんで泣く。

九日　午前中曇天、爽涼、ともすると雨が来ようとして来ない。午後は安定する。

午前中少しリルケの勉強。午後一時頃から大美野の管家さんの家へ花子とゆく。前々から招待があつたのである。風があつて雨の来さうな涼しい道をゆつくりゆく。

花子はやはり足がいたい。大きな池をすぎ墓地を通りぬけてゆく。いろいろ御馳走になり、五時頃辞す。まき子、炊事の用意や掃除をして待つてゐた。夏樹はまつ裸で砂遊び。

（『至上律』から詩の註文）。参考のために書いておくと『詩人』は一篇四百円。『至上律』は二百円である。このごろは三、五篇とまとまつた註文である。

　十日　陽は相変らずつよいが、どこか涼しい風があり、光は弱つてゆくやうに感ぜられる。

九時学校につく。佐藤の家で散髪。十二時、農耕に来た生徒二十三名と教室で一言、二言話してわかれる。午後は日直の松隈氏と話す。帰れば六時。

皆は風呂にゆく。夜、リルケの勉強。

　十一日　花子作業のため登校、二時頃帰る。しばらくするとをばちやん大和から帰る。豆などのお土産。

　夜ねてから詩書き出し、夜半に及ぶ。夜明けの二時か三時頃まで（？）。

　十二日　盛夏。夏樹、まきをつれて、海水浴。堺東から龍神に出て、諏訪の森に九時すぎとどき、北村の家にゆき、生徒に案内して貰ふ。

夏樹、甚だ積極的に練習する。やはり男の子だと思ふ。も一度も一度と何度も練習したがる。わが肩につかまり、わきの下を持つて貰つてさかんに下半身をばたつかせひねくる。水を吐くのも上手になつた。十時から十一時半ごろまで。砂浜で中食――白いごはんと野菜の天ぷらがうまいうまい。

　まき子は帰る頃になつてからやつと、頭をつけて浮くことに成功し、大喜び、すさまじい顔つきで水中に突入する様がをかしくて笑ふ。北村の家で身体を洗つてかへる。

おせんべい、むし芋、たばこ、焼魚など貰ひ生徒に大小路まで送つて貰つて帰る。

萩天からの道のあついことあついこと。夏樹はまつかになつて正体なくわが腕にねむりこけ、まき子は荷物を振り分けに負うて、フラフラしながらあゆむ。汗滝の如し。帰れば二時半ごろ。まくはを切つて食べる。

昼寝。夜は死んだやうにねむる。

昨日から、夏樹風邪気味で食慾なかつたやうだが、この日は案外に元気であつた。

十三日　盛夏。夏樹一夜の中にすつかり元気恢復、朝からはしやぎ、盆踊りのまね。何度もいいうんこを沢山する。花子は朝めし前から台所の大掃除。斎田から葉書来る。午後佐藤（大高生）来て四時頃までゐる。パン六個くれる。

夕方まき、夏をつれて散歩。今日からお盆なので、うすものの晴衣着てお墓参りの人々子供らの群、田の中の道をつづいてゆく。

夜皆に諫早のお盆の習はし、精霊送りのことなど話してきかせる。そんな話から山本家の墓のことになり、花子さへしかとはその所在さへ知らぬといふので、明日アビコへお参りに行つてみることに話がきまる。

夜はリルケの勉強。

八時半ごろ、斎田米を持つて来てくれる（一升二百十円）。雑誌三冊借る。

十四日　盛夏。花、まき、夏、をばちやんの四人、朝八時半ごろからアビコへお墓参り。十二時すぎかへる。この間にクヂラの配給あり、二百匁買ひ焼く。その匂ひにあてられて胸くそわるくなる。

午後花子の卒業生（出水）来て醤油一升くれる。

『新潮』をねころんでよむ。

夜は肉入りのライス・カレー。リルケ。

十五日　盛夏。おひるはおはぎをつくる。自分は十個もたべる。亀山君来る。煙草とお米をくれる。夕方ビールをのんで亀山君帰る。しばらくすると気分悪いと帰つて来て寝る。

表で二人一緒にねる。リルケの勉強。亀山君はこのごろ大へん衰弱してゐるやうだ。

十六日　朝亀山君帰る。午前中ひるね。足立重の詩集『風祭』をよむ。

十七日　爽涼。日・宿直。午後佐野（甲南独逸語教員）林（京大独文科学生）話しに来る。五時ごろまでゐる。夜斎田来る。パン二個。おすし一食分。花火。おもちやの提燈くれる。九時半ごろまでゐる。

十八日　朝亀山君来校。一緒に町に出て映画みる。日光は強いが、爽涼の気みなぎり、光は透明で、汗は出ない。もう夏が去つてしまはうとしてゐると思ひ、大へんさびしい。西岡の家で時計の修理たのむ。午後亀山君と一緒に津田にゆく。亀山君は商談あり、小林町の津田の事務所に。

応接室の長椅子にねころんで夢うつつに隣室で龍夫、清兄弟が蓄音機かけるのをきく。

夜は御馳走になる。にぎりずし、卵の吸物、なすの焼いたもの、おはぎ。八時頃津田氏帰宅、九時半ごろまで話し、終電車でかへれば十一時半。

十九日　爽涼。一日中うたたねばかり、さめてはリルケ。

二十日　爽涼。八時すぎ家を出る。花子、まき、夏と四人で海水浴。近いと思つて浅香山から高須神社に出たが結局遠い。

阪堺線の中で、津田の子供達八人連れが、同じ諏訪の森に行くのと一緒になる。今日は一番南の端で泳ぐ。先日に比べたらずつと涼しい。夏樹は今日はあまり泳がず、波打際で水遊び。

キャンデーその他、五十円。電車賃、三十五円。着物預り代、十五円。計丁度百円。

帰りは本線で龍神、バスで堺東。映画みて帰らうとするが停電休業。帰りもそんなに暑くない。

夜は北余部の盆踊。百円御花を寄附。夏樹、まきは海水浴で疲れて眠くはあるし踊は見たいしで困つてゐる。夜中に花子とまき子は一眠りした後、また見にゆく。

夜はおはぎ作つてたべる。

創元社から逢ひたいとの速達、どうやら出版実現するらしい。

二十一日　花子日直。一日中夏樹のお相手を丹念にやる。疲れる。まき子は高岡先生の家へきよみちゃんの病気見舞。

二十二日　晴れてゐるが蒸暑い。朝から花子と二人で大阪に出る。先づ阪急で買物、ヘラ台百四十円。それから大丸に出てお肉五十匁（五十円）、カンドックリ（一箇十五円の二つ）、盃（一つ十円の二つ）、茶わん（一コ五円の二つ）、夏樹の電車（ぜんまい仕掛の色美しいやつ八十円）、まきのお話の本十六円五十銭、それからキャンデーをたべ活動みる。

古い古いキートン。モウロウとして何が何やらわからぬ。活動はこのごろ十円。

夏樹喜ぶこと。留守の間に斎田来てお肉百匁くれる。それですきやき、お酒のむ。

停電一時間。

二十三日　暑い。花子日直。リルケやるが気のりせず、自分の詩を推敲。どうやら出来上つた。夜清書。今夜も停電。暗い中で夏樹ふざけてゐる内に机の角で唇をきずつける。泣きながらねてしまふ。

二十四日　花子は一日中張物。夜皆で北野田に散歩する。

おひるにはかたぱん焼いてやる。メリケン粉三日分配給。

二十五日　暑い。八時頃から夏樹と一緒に大阪に出かける。夏樹を電車にのせるため。学校に行きそれから地下鉄でナンバ。エビス橋際の食堂の二階で、創元社の西野君に会ひいよいよ決定した詩集『反響』について色々うち合はせる。
十二時半の電車で帰る。
夜は詩集の装幀考へる。殆ど一晩中停電で、その上何だか暑くてねぐるしい。十一時すぎ、今地震があつたといつて花子おきる。
二十六日　一日中ねころんですごす。午後佐藤一夫来てパン十箇、赤飯少々くれる。花子の旧生徒来て、ブダウくれる。夜一晩中停電。
をばちやんは寺沢行き。
二十七日　暑い。花子、まき子、海水浴。夏樹と二人留守番。午後斎田、面谷遊びに来る。花子ら三時ごろ帰る。夏樹の誕生日祝を兼ねて赤飯、コロッケ、肉汁等の御馳走する。斎田ら六時ごろ帰る。夕方ほんの少し雨来る。夜停電、水鉄砲（十円）が海水浴の土産。
二十八日　暑い。朝からしきりに虫の音。その音に目をさます。学校に行き転入問題を作る。二時半帰る。夕方稲妻北方西方にしきり。夏樹とそれをみに池の端まで散歩。夜停電三十分おき。
二十九日　暑い。一日中ごろごろねてくらす。午後生徒梅谷来て金子三百円とするめくれる。夜停電。虫の音しきり。
三十日　転入試験のため八時登校。流石に朝が早いのと曇り日のためとで駅迄の道も少しも暑くない。日中はしかしやはり暑い。二時下校。西岡の家に時計とりに、道頓堀にゆく。河上訳『叡智』を買ふ。

夜は皆で風呂。今日から大人四円　子供二円。夜は又停電（一時間おき）。一面に曇つた夜空に月明。しつとりした冬の曇り日位のあかるさ。

昭和二十三年

七月

二十八日　十九日終業式。二十日、アベノ交叉点附近の小料理屋の二階で国漢会、十時—二時。

それからずつと、恐ろしい程の虚脱衰弱状態でずつとねてゐた。盲腸部むじくむじく痛んでゐたので気をもんだ。その間、毎日曇天、驟雨、雷雨がつづいて実にいやな天候であつた。そのせいだつたとも思ふ。

九時頃から、花、まき、夏と四人で北野田にゆく。サバ百匁七十円。八十四円だけ買ふ。配給の黄ザラメを飴に代へる。百匁で二十円の手数料。黄うり一個二十円。カバ焼大きいのは一匹三百円とある、驚いた。夏樹と二人で帰りは電車。

暑い暑い。しかし久しぶりに爽やかで、生き返つた感、実にうれしい。水を汲む。はき掃除。

八月

一日　朝八時大鉄前集合。昭和二十年卒業生の会、集る者、伊藤、吉村、毛利、奥田、中川等十人。汐の宮の川のそばで三時頃迄話す。夕立にぬれて駅で別れる。この日からだいぶ気分立直る。花子とまき子は黒山高校の旅行について昨日からえい山ゆき、今日夕方七時頃帰る。

三日　日・宿直。夕方三高の木村来て化粧品を例によつて沢山くれる。

四日　朝学校のかへりに天下茶屋の本屋にゐると龍夫君通りかかり、津田に誘はれ、お昼めしの馳走になる。この日、月給貰ふ。五千五百円、花子は三千八百円（二千五百円ベースなり）。

五日　このごろまき子は講習。盛夏。花子と二人で大阪にゆく。桃（二百円）もつて山本さんに家賃（五十円）持つてゆく。それから町に出て大阪会館で映画みる（一人六十円）。一寸した買物今日だけで九百円也。

六日　盛夏。大塚の用事で学校にゆき、帰りに吉野通に出て、まき子の先生に贈るものさがすが、適当なもの見つからず、散髪（五十円）して帰る。今日は花子日直だつたので、一寸遊びにゆく。
長江道太郎から田中誠の作を絶讃してくる。
四日に『新潮』買ふ。太宰治の追悼多し。坂口安吾のもの最も同感。
まき子の先生にはピース五個（三百円）持たせてやる。

昭和二十六年

十月

五日　於大阪府南河内郡長野町　国立大阪病院長野分院北病棟。
入院二十四年十月十三日（満二ケ年を経たり。）熱六・四度。午後三時記。ベッドに坐して。パス服用七ケ月後ズット熱なし。今日でパスとまる。詩作を始めようと思ひ、この帳面をとり出す。晴明の日。
ガラス窓のカマキリ、数日、緑濃くなり窓わくの茶褐色になるといふこと？　窓外に虫の音しきり、草の虫と交らざるカマキリ。コスモス。窓ガラスの上でカマキリと大きい蜂との闘争。カマキリが勝つた。
六日　晴明。食慾さかん。ハマチと柚。まつ青い蜜柑。レンコンと人参の生食。

この生食大へん効あるらしい。松茸。
『武蔵野夫人』をよむ。
夕方、まき、花、大阪での買物の帰りと云つてよる。黒砂糖、チーズ、ジャム、チーズ容器、支那マンヂユウ。果物等沢山くれる。うれし。花子泊る。うれし。
七日　晴明。午後花子ひるね。夜も早くねる。東京旅行からずつと大へん疲れてゐるらしい。かはいさう。泊る。よくねむつたらしい。うれし。
八日月曜　曇。朝九時半花子帰る。さびしさ身にしむ。午後二時半。たまらぬたまらぬ。花子。花子。花子。
九日　午前十時花子来る。＊＊のただれを洗ふため。うれし。あるもののかいの交換。桐の小箱に入れる。すぐかへる。
十日　晴、暑し。胸くるし。ソボリンをのむ。花子のことを思ふ。
午後曇る。谷口君来る。女学生の話。ウドンを食べて夕方かへる。
十一日　中食前織田喜久子さん来る。一緒に食事し二時間ばかり居る。有難し。アメ、ヤウカン、バナナ、コンビーフ、チョコレート、又阪急電車の色々な美しいパンフレットを貰ふ。暑し。
十三日　入院満二年目。颱風近く曇、土曜。お午前花、夏来る。夏、をどりをして見せる。運動会でやるものの由。前歯二本とれてる。顔色よし。べんたうを食べる。

花子にあれいを貰ふ。三時頃帰る。帰つたあと淋しくてたまらぬ。夜肩痛し、ソボリンをのむ。丸山薫氏より葉書。

十四日　夜雨、颱風近し。ひる前庭に出て重く曇つた景色を見、ひるの美しい虫の声をきく。夜、颱風来。

十五日　颱風の余波、暗鬱。

十六日　快晴、花子を思ふ。小母ちゃん午後給料トリ。

二十一日日曜　小雨、曇天。花子、まき子の学校の運動会。夕方まき、学校の帰りと云つてよつてくれる。新しいサージの制服かはいい。夜咳はげし。

二十二日　咳多し、背痛し。花子はカブキ見物（昨日まき子云つてゐた）の由。夜、食後気分ややよく、ベットに坐つてゐると、総室の入口のところに、男三人、女四人、若い人たちの一団が来てアコーディオンを奏し、ロシアの民謡風な歌を合唱する。今夜娯楽室で演奏会をやる楽団の人達が重症者のために来て唄つてくれたのである。

春は近し
春は近し
うるはしき春は近し
といつたやうなくり返しの多い歌。

久しぶりに社会の空気にふれた気がし、何とはなしに涙が出た。（共産党のグループのカチューシャ楽団といふ由）。

二十三日　おひる前、花、夏樹来る。夏樹のシラクモを診て貰ふために来た由。夏樹自作の菊のはり絵をくれる。又ぬり絵を見せるために持つて来てくれる。咳はげし、ねむれぬ。肩いたし、食慾なし。

二十六日　快晴。やつと食欲出る。昨夜は咳もなく、今朝は肩の痛みもなし、有難く、うれしい。パスをやめたために、又もとのやうな悪い状態に帰るのかと思つた。丁度そんな気分であつた。感謝。

二十七日土曜　夕方、花子来る。まき子と映画や買物に行つた由。大へん疲れてをり精神的にも参つたやうにしてゐる。可哀想。花子八時にねむる。

二十八日日曜　おひる頃西田磐君来て、いろいろ役所のはなし。なべの尻をこする道具（面白い贈物！）（この前にはバンビの絵本、手拭、ハミガキ粉等奇想のものくれた）バタをくれる。うれし。うどんを食べて帰る。花子三時頃帰る。気分わるし。

三十日　おひる頃長野の保健所で集団検診があつた帰りだと云つて花子寄り、一時間位ゐる。割に元気さう。血沈一四。

三十一日　レントゲン（車に坐つて笑ひながらゆく）。

十一月

一日　曇天。今日は珍しく肩の痛み、息ぐるしさ少し。うれし。但し脈搏多し。96。昨夜よくねむれ、咳も出ず、今朝珍しく快活な気持になる。感謝。花子を想ふ。楽しくあれよ。永く永く生きて楽しくあれよ。花子よ。夜咳はげし。夕方、辻、中川の両君見舞ふ。きれいなリンゴ、ナシ等くれる。

二日　夜あけ雨あれど朝上りて静かに曇る。後庭を見れば連山に雲かかり、菊盛りすぎたやつれが見え、縄でまとめられて、花うなだれてゐる。不思議に気分よく、肩いたみ息ぐるしさなし。

蓮田善明（はすだ ぜんめい）

明治三十七年、熊本県に生れる。広島高等師範学校で斎藤清衛の教えを受けて国文学への関心を深くし、昭和八年、池田勉、栗山理一、清水文雄を同人に「国文学試論」を創めたのが、同十三年「日本文学の会」の結成となるとともに「文芸文化」を同会から発刊するに至る。教育、研究また軍務に従う間、批評に旺盛な筆を揮い、「鷗外の方法」「本居宣長」「鴨長明」他、戦争の日における文学のありようを一身に描いたその処生は、少年の三島由紀夫に感化を及ぼした。同二十年、敗戦を派遣先のシンガポールで迎えて短銃で自決。小説「有心」は、早く稿のなっていたのが発表されないままに置かれていたもので、歿後の同二十五年「祖国」に掲載された。

伊東静雄（いとう しずお）

明治三十九年、長崎県に生れる。京都帝大卒業後、大阪府立住吉中学で教える傍ら発表した詩作が保田与重郎に知られたことから、「コギト」「日本浪曼派」等に寄稿するようになって詩壇の注目を浴び、特に萩原朔太郎から激賞を受けた。押え難い情熱を清冽で耽美な抒情で包み、語の彫琢の限りを尽した作品は、昭和十年刊行の処女詩集「わがひとに与ふる哀歌」において、すでに円熟した造型を示し、同十五年「夏花」次いで同十八年「春のいそぎ」を出版し、揺ぎない地歩を築く。一連の戦争詩を作っているのは、むしろ詩想の醇化を窺わせるところ、敗戦はそれを負目と感じさせるなかで病み、同二十八年歿。戦後の詩集に「反響」がある。

近代浪漫派文庫　35　蓮田善明　伊東静雄

二〇〇五年三月十二日　第一刷発行

著者　蓮田善明　伊東静雄／発行者　小林忠照／発行所　株式会社新学社　〒六〇七―八五〇一　京都市山科区東野中井ノ上町一一―三九　印刷・製本＝天理時報社／DTP＝昭英社／編集協力＝風日舎

ISBN 4-7868-0093-7

落丁本、乱丁本は左記の小社近代浪漫派文庫係までお送り下さい。送料小社負担でお取り替えいたします。

お問い合わせは、〒二〇六―八六〇二　東京都多摩市唐木田一―一六―二　新学社　東京支社
TEL〇四二―三五六―七七五〇までお願いします。

◉近代浪漫派文庫刊行のことば

文芸の変質と近年の文芸書出版の不振は、出版界のみならず、多くの人たちの夙に認めるところであろう。そうした状況にもかかわらず、先に『保田與重郎文庫』(全三十二冊)を送り出した小社は、日本の文芸に敬意と愛情を懐き、その系譜を信じる確かな読書人の存在を確認することができた。

その結果に励まされて、専ら時代に追従し、徒らに新奇を追うごとき文芸ジャーナリズムから一歩距離をおいた新しい文芸書シリーズの刊行を小社は思い立った。即ち、狭義の文学史や文壇に捉われることなく、浪漫的心性に富んだ近代の文学者・芸術家を選んで四十二冊とし、小説、詩歌、エッセイなど、それぞれの作家精神を窺うにたる作品を文庫本という小宇宙に収めるものである。

以って近代日本が生んだ文芸精神の一系譜を伝え得る、類例のない出版活動と信じる。

新学社

近代浪漫派文庫〈全四十二冊〉

※白マルは既刊、四角は次回配本

❶ 維新草莽詩文集　歎涕和歌集／吉田松陰／高杉晋作／坂本龍馬／雲井龍雄／平野国臣／真木和泉／清川八郎／河井継之助／釈月性／藤田東湖／伴林光平

❷ 富岡鉄斎　画讃／紀行文／画談／詩歌／書簡
大田垣蓮月　海女のかる藻／消息

❸ 西郷隆盛　西郷南洲遺訓
乃木希典　乃木将軍詩歌集／日記ヨリ

④ 内村鑑三　西郷隆盛／ダンテとゲーテ／余が非戦論者となりし由来／歓喜と希望／所感十年ヨリ
岡倉天心　東洋の理想（浅野晃訳）

⑤ 徳富蘇峰　嗟呼国民之友生れたり／『透谷全集』を読む／還暦を迎ふる一新聞記者の回顧／紫式部と清少納言／敗戦学校／宮崎兄弟の思ひ出　ほか
黒岩涙香　小野小町論／『一年有半』を読む／藤村操の死に就て／朝報は戦ひを好む乎

❻ 幸田露伴　五重塔／太郎坊／観画談／野道／幻談／鵞鳥／雪たたき／俳諧評釈ヨリ

❼ 正岡子規　歌よみに与ふる書／子規歌集／子規句集／九月十四日の朝／小園の記
高浜虚子　虚子句集／椿子物語／斑鳩物語／落葉降る下にて／発行所の庭木／進むべき俳句の道

⑧ 北村透谷　楚囚之詩／富嶽の詩神を思ふ／蝶のゆくへ／みみずのうた／内部生命論／厭世詩家と女性／人生に相渉るとは何の謂ぞ　ほか
高山樗牛　滝口入道／美的生活を論ず／文明批評家としての文学者／内村鑑三君に与ふ／『天地有情』を読みて／清見潟日記／郷里の弟を戒むる書／天才論

❾ 宮崎滔天　三十三年の夢／侠客と江戸ッ児と浪花節／浪人界の快男児宮崎滔天君夢物語／朝鮮のぞ記

⑩ 樋口一葉　たけくらべ／大つごもり／にごりえ／十三夜／ゆく雲／わかれ道／につ記—明治二十六年七月
一宮操子　蒙古土産

⓫ 島崎藤村　桜の実の熟する時／藤村詩集／回顧（父を追想して書いた国学上の私見）

⓬ 土井晩翠　土井晩翠詩集／雨の降る日は天気が悪いヨリ
上田敏　海潮音／忍岡演奏会／『みだれ髪』を読む／民謡／飛行機と文芸

⓭ 与謝野鉄幹　東西南北／鉄幹子抄／亡国の音
与謝野晶子　与謝野晶子歌集／詩篇／和泉式部の歌／清少納言の事ども／鰹／ひらきぶみ／婦人運動と私／ロダン翁に逢った日／産褥の記

⓮ 登張竹風　如是経序品／美的生活論とニィチェ
生田長江　夏目漱石氏を論ず／鷗外先生と其事業／ブルヂョワは幸福であるか／有島氏事件について／無抵抗主義・百姓の真似事など／「近代」派と「超近代」派との戦／ニィチエ雑観／ルンペンの徹底的革命性／詩篇